懸疑與懸念，只在一線之間

亞佛烈德・希區考克 著

胡彧 譯

天羅地網

ALFRED HITCHCOCK

驚悚大師 希區考克 短篇小說集

是早被寄出的信、被誤殺的無辜訪客、天衣無縫的搶劫計畫、乾草堆裡的屍骨……

驚悚大師希區考克的黑色幽默，

就像海龜湯一般，不到最後一刻，永遠不會知道事情的真相！

目錄

目 錄

罪與罪 ━━━━━━━━━━━━━━━━━

離開她的公寓，我直接逃向艾薩德先生的家。

停下車，我逃進大廈。光滑的大理石映出一個驚魂未定的影子，後面似有一雙無形的手在追趕 —— 追趕一隻逃學生的「浣熊」。

我詢問值班人艾薩德先生現在何處，得知老闆就在書房，便一下衝進去，隨手關上了沉重的核桃木大門。

書桌旁的那人抬起頭來，正是艾薩德先生。對於我冒冒失失的舉動，他似乎心有不虞，但卻沒有把我攆出去，而是馬上站起來問：「出了什麼事，威廉？」

我擦去額上的汗珠，向書桌走去，放下一個信封，裡面裝著一千美元的現金。艾薩德堯生從信封中拿出錢來，露出迷惑而驚訝的神情。

「威廉，你去過了瑪麗的公寓？」

「是的，先生。」

「她在那裡？」

「是的。」

「她沒有要錢？我簡直不敢相信，威廉。」

「先生，她死了。」

聽聞我的話，艾薩德先生銳利的目光離開鈔票，落到了我的臉上。這個瘦高英俊、風度翩翩的男人有著一張三十歲的面孔，然而花白的頭髮卻掩藏不了他真正的年紀。

「死了？」他說，「她怎麼死的，威廉？」

「我看好像是被人勒死的，可我不敢逗留太久，不能確定。但她脖子上有被勒過的痕跡，舌頭吐著，臉腫得像灰色的豬肝……」我換口氣，繼續說道，「可是，她生前一定非常嬌媚迷人。」

「是的，」艾薩德先生說，「她是個尤物。」

「可現在不是了。」

艾薩德先生從短暫的沉思中回過神來，轉移了話題：「她單獨一人在公寓裡？」

「我想是的，可我不敢四處探望，我只看到她躺在起居室的地板上就匆匆走開了，馬上趕來這裡。」

艾薩德先生一邊心不在焉地把一千美元放進外套的口袋裡，一邊回憶說：「三小時前她還活著。當時我正要出門，接到她打來的電話，回來後我就交給你一個信封：可你到她那裡時就發現她已經死了 —— 那麼，她是今天下午兩點到五點之間被

害的。」

「艾薩德先生，這段時間裡她會不會做什麼買賣？」

「不會，她今天應該不會做買賣，因為有一位帶著白信封的客人會去拜訪她。威廉，你離開時沒有看到別的什麼人吧？」

「沒有，先生。」

「也沒有給什麼人打過電話，或者和別人說過話吧？」

「都沒有，先生，直到這裡我才開口問值班人你在哪裡。」

「好，你一直都表現得很好，威廉。」

「是的，先生，我會努力的。」

這話倒是真的。許多年前，北卡羅來納州康福縣的一個貧瘠困苦的山區裡，一個年輕人心無旁騖地生活著，直到有一年夏天，一位名叫艾薩德的先生到這裡度假：以釣魚為消遣，年輕人便為他跑腿打雜。由於聰明伶俐、待人有禮，辦事又乾淨俐落，因此年輕人十分討艾薩德先生歡心 —— 不錯，那就是我。艾薩德先生問我願不願意跟著他，做司機兼打雜，再做一些其他的私人工作，他會給我夢寐以求的房子，還有每月固定的薪水。這個機會我當然不能錯過，於是答應了他。從此，艾薩德先生視我為心腹，十分信任我。可以說，我的守口如瓶，正合他這樣一位擁有電視臺和報社的大人物的胃口。

此時我已從驚駭中恢復平靜，不再發抖。艾薩德先生詢問

了他想知道的情況後，便打電話給他的好友哈代法官和吉尼檢察官，讓他們放下手中一切事務，馬上來他的書房和他見面，因為有一件非常重要的事，在電話裡說不方便。果然，他們很快趕了過來。

先一步趕來的哈代法官在本州高等法院的法官中最年輕，他身材魁梧，紅光滿面，大學時曾是著名的足球明星。但現在，宴會和美酒在他的身上留下了痕跡，讓他的肌肉鬆弛了許多。

他對艾薩德先生說：「什麼事啊老朋友，我今晚還有晚宴，而且 ── 」

「等你聽完我說的事，就沒心情和食慾再去吃晚宴了。」艾薩德先生說，「為了省得還要再重複一遍，你先耐心等一會兒，等吉尼來了再說。」

哈代法官雖然著急，但知道逼艾薩德先生先說是沒用的，也就安然地坐下來，點上一支雪茄，想從艾薩德先生瘦削嚴肅的臉上看出一點端倪。他剛把雪茄點著，吉尼先生也趕到了。這個禿頂、肥胖的中年人，有著一雙厚厚的嘴唇和大大的眼睛。

等吉尼先生進來後，門被安全地關上，艾薩德先生便讓我把剛才的話講給他們聽。於是我開口說道：「瑪麗小姐死了。」

法官聽到這句話，眼睛睜得大大的，眨也不眨；而檢察官

一手撫著脖子，一手摸著椅子坐下來，如鯁在喉，許久說不出話。

「怎麼死的？」還是法官打破了平靜，他的聲音努力保持著冷靜。

「我想是被謀害的。」我說。

這時，吉尼檢察官的呼吸聲變得粗重起來，但仍未說話，還是法官問道：「用什麼方法？」

「窒息而死，看上去是那樣。」

「什麼時候？」

艾薩德先生接口說：「兩點到五點之間。」

這時吉尼檢察官終於粗啞地叫起來：「凶手還沒抓到，我無權審判，你現在通知我做什麼？你憑什麼認我會對此集會感興趣？我又不認識瑪麗這個人。」

「哦，別那樣，吉尼，」艾薩德先生說，「我知道，瑪麗 —— 應付我們三人。是的，她確實善於周旋。我們三個是她的『金礦』，她不用再拓展財路，並且也沒有再去另覓『銀礦』，免得招致更大的危險。」

吉尼先生抓著椅子的扶手，一邊弓起身子要站起來，一邊說：「我否認任何 ——」

「收起你的話吧，檢察官，現在我們不是在法庭上。」艾薩

德先生平靜地打斷了他，「有個令人遺憾的事實是，我們三個都是可能殺害她的嫌疑人。有理由可以肯定我們三人中的一個，殺害了瑪麗。哈代，她詐騙你最久，我在其次，而吉尼你呢，則是她的第三個也是最後一個『金鵝』。這段日子裡，我們三人為她奉獻的總數猜想在六萬左右。」

「糟糕的是，那些錢我們都沒有報所得稅。」

「你是怎麼發現這件事的？」吉尼問道，「我是說……關於我的事。」

「別傻了，吉尼。」艾薩德先生說，「別忘了，我仍然是一位頂尖記者，一個有新聞來源、善於挖掘個人隱私的記者。」

「好。」哈代法官像在法庭上那樣思考律師的一個提議，然後說，「這件事擺在我們面前，我們三人都是任她宰割的羔羊，我們每個人都有充分的理由殺她。換言之，我們三個人在同一條漏水的船上，有沒有槳可以划的問題留待解決。現在的問題是，很不幸，今天下午兩點到五點之間，我沒有不在場的證明 —— 你有嗎，吉尼？」

「什麼？」吉尼臉色灰白，像是被人灌了毒藥。

「今天下午兩點到五點之間，你在哪？」

「我……」

「在哪，吉尼？」艾薩德先生催問道。

吉尼抬起頭，看看他的朋友：「……不，我沒有進去，你們要知道，我在一條街以外時就將汽車掉頭開回去了，我沒進她的公寓。」

　　「你真的打算去看瑪麗？」法官問。

　　「是，我想去求她，我付不起她的勒索了，我要去說服她，她必須少要，或者根本不要。我實在籌不出錢來了，我沒有你們那麼富有。」

　　「可是你害怕了，」艾薩德先生說，「所以，實際上你沒有去看她？」

　　「是真的！艾薩德，你得相信我。」

　　「不論我們是否相信你，」法官用冷靜而近於無情的聲音說，「都沒有多大關係，重要的是，你沒有不在場證明。那麼你呢。艾薩德？」

　　艾薩德先生搖了搖頭：「下午兩點鐘，我接到她的電話，她提醒我要我五點鐘派威廉給她送去一千元。然後我開車出去看了一塊打算購買的地皮，回來就派威廉去送錢了。」

　　「這麼說，我們當中任何一個人都有可能殺她。」法官說。

　　這時，吉尼緊張而急促的聲音使氣氛更加緊張起來。「聽我說，我沒殺她，如果這醜聞涉及到我的話，我就完了，我們三人 ──」他的眼中流露出悲哀的神色，「全完了，市政廳警察

局裡的那些人，一直想找我們的碴。我們不能和任何謀殺案沾邊，即使艾薩德控制了電視臺和報紙，也不可以，絕對不能。」

「完全正確，吉尼，」艾薩德先生說，「有時候，你幾乎讓我相信你確實有腦筋。除了你在政界使用的伎倆，我們能不能想想其他的辦法來掩飾這件事？」

「那麼，你有何高見？」法官問。

艾薩德先生說：「我們來個『君子協定』：不論我們誰被盯上，都要獨自負擔這件事，絕不能向朋友求助，更不能讓朋友涉嫌其中。他必須站得牢牢的，咬定只有他一個人和瑪麗有關。無論我們中哪一個被盯上，他都要問心無愧地說，他保護了朋友。」

「這可不好辦，」法官說，「當一個人涉嫌謀殺案時，最自然的反應就是提及別人的名字用以混淆視線，讓問題更加複雜。」

「我知道，這也就是我邀請你們到這來的原因，」艾薩德先生說，「我們必須事先協定，沒有被盯上的那兩個人，在未來必須扶持那個倒楣者的家人，無論任何情況、任何麻煩，都要像他還在時一樣。」

這時，我開口了：「艾薩德先生。」

他轉過頭來看著我，說：「威廉，什麼事？」

「在你們談話時，我一直在思考，現在我有個主意。」

吉尼先生近乎刻薄地挖苦我道：「威廉，我們有比你的主意更重要的事情要考慮——」

艾薩德先生舉手制止他繼續說下去，仍對我說：「我認為我們聽你的主意不會有什麼損失。威廉，你說！」

「謝謝你，先生。我要說的是，艾薩德先生，你一直待我不薄，給我機會讓我過上了以前做夢都想不到的生活。我以前只是北卡羅來納州康福縣一個窮山溝裡的孩子……」

吉尼先生不耐煩地說：「現在不是談感情那種蠢話的時候。」

「是的，先生，」我說，「總之剛才我要說的已經都說了，我只是希望艾薩德先生知道，我為什麼願意替你們承擔謀害瑪麗的罪名。」

他們的眼睛齊刷刷地盯著我，注意力全在我身上。這時就算一隻老鼠穿過閣樓頂都能聽到聲音。不過當然，艾薩德先生的閣樓裡沒有老鼠。

艾薩德先生終於開口說道：「威廉，我很感動。不過，你的話應該還沒有說完。」

「是的，艾薩德先生，我還有話要說。你們三個人都有出身上層的妻子、乖巧的兒女、美滿的家庭和一切構成美好生活的東西，一旦涉嫌瑪麗謀殺案，很多東西將會一夜盡失。而我，沒有顯要的朋友，只有我自己。我以前從沒有機會獲得一筆什

麼獎金。」

法官率先問：「要多少？」

「我知道，你們付給瑪麗小姐的已經不少了，最後這一筆，交給我，這一切就永遠結束了。你們每人給我五千，我就為你們承擔這件事的一切後果。」

「我不幹，」吉尼先生說，「五千，我不……」

「別這樣，吉尼，你會接受的。」艾薩德先生說。他背靠著辦公桌，對我說：「威廉，你打算怎麼做？」

「這太簡單了，道理和在太陽不太熱時割麥子一樣，」我說，「有你的報紙和電視臺站在我這邊，再加上法庭上的哈代法官和州政府裡的吉尼檢察官處理這件案子，我應該不會重判。我會說，我一直和瑪麗小姐暗中往來，最近她想離開我另覓高枝，於是我們吵翻了，我氣得發瘋，衝動之下失手殺了她。這城裡沒人會真正關心她，她的死不會有人關注或懷疑。我猜想法官判我三五年就差不多了，而我乖乖地在獄中循規蹈矩，說不定一兩年後就可以保釋。」

「然後呢？」哈代法官問。

「然後，我就帶著我的一萬五千美元回康福去，」我說，「我不會有更多掛慮，因為這件事我們都牽涉其中，我們共同進退，要沉也一起沉。」

於是法官為整件事作出了決斷，他向檢察官說：「我提議，你和威廉私下裡多演習一下。」

「好主意。」檢察官說。

「你們不用擔心威廉會演砸，」艾薩德先生說，「放心吧，他是塊好材料。」

「是的，先生們，」我說，「我們盡快在這裡演習一下，我會在一個合理的時間內，到警察局去自首。我的自首和為魯莽行為的懺悔，會讓事情好辦些。」

「太好了，威廉，那太好了。」艾薩德先生掩飾不住地高興。

我得說，這對我也十分有利。因為我自首的話，警察就不會詳察這個案子。一旦他們真的詳察，那些指紋、頭髮等蛛絲馬跡也會對我不利，我在劫難逃。沒有這三個人的幫助，我肯定被判重刑。而這樣解決，在不久的將來我就可以帶著他們三人吐出的一萬五千美元回到故鄉：瑪麗小姐生前，也對她的未來作好了打算，在我逼她開啟公寓的保險箱時，總共搜到了四萬多美元。

故鄉的人們都在政府「小康計劃」的範圍中，而帶著一萬五千多美元的我回到故鄉後，可能會成為全縣最富有的人。

清新的空氣，優美的風景，樸實的民風……

還有，女孩子們都那麼成熟漂亮，十分迷人。

我可能需要僱一個司機兼打雜的人，只是我一定要確定，他的名字不叫「威廉」。

池塘謀殺案 ———————————————

今天的天氣對於逛公園的遊客來說非常糟糕，可是對於巡警彼特來說，確是無比輕鬆的一天，因為，他的工作是獨自一人在郡立公園巡邏，因為天氣惡劣，偌大的公園空無一人，自然也就不會發生什麼事，所以他今天的心情非常放鬆。

彼特抬頭看看天空，陰雲密布，似乎一場暴風雨就要到來，偶爾吹來一陣寒風，讓他不由得打了個寒顫。彼特加快了巡邏的步伐，像往常一樣來到公園的休息亭巡視了一番，一切正常，然後，他又愉快地沿著原路返回，坐進他那輛停在公園門口的舒適而又溫暖的警車裡。

時間已經到了中午，彼特在警車裡吃完帶來的午飯後，就透過無線電向警察局報告公園一切正常。

下午一點鐘左右，彼特透過車窗看到有一輛汽車開進了公園，那是一輛暗紅色的佳寶牌汽車，掛著本州本郡的車牌。從那輛車破損的車燈、生鏽的外殼、斑駁的油漆不難看出，車子實在是有些年頭了，彼特心裡很清楚，通常駕駛這種汽車的都是些喜歡惹是生非的年輕人。他暗暗記住了那輛汽車。

　　彼特又到公園的四處去巡邏了，大約一個小時之後，他又回到了公園的門口。他注意到，那輛紅色的佳寶車仍然靜靜地停在公園門口的小停車場，而它的旁邊不知什麼時候又多了一輛黃色的 MAZDA，兩輛車裡都空無一人。

　　彼特的心中隱隱地有一種不安的感覺，他暗想：「這兩輛車太不相稱了，為什麼會不約而同地停在一起呢？難道是兩夥互不相識的遊客嗎？嗯，有可能。」想到這裡，彼特頓時又感到釋然了，畢竟這和他的任務沒有絲毫關係，他覺得在這種孤寂的日子裡，還是不要用一些無端的猜疑來擾亂自己的心情為好。

　　於是，彼特又駕駛著警車沿著公園的道路，向另一個方向駛去，到那邊去巡邏了。

　　凱薩琳今天的心情不太好，她想找個地方靜一靜，於是來到了郡立公園。當她看到公園門口一處停著一輛破舊的紅色佳寶車時，不禁猶豫了一下：「今天的天氣並不好，難道這個時候還會有遊客在公園裡散步嗎？我是不是該換一個地方呢？」但最後她還是踏進了公園，因為她喜歡這裡的環境，即使有其他的遊客，這又有什麼關係呢？

　　凱薩琳獨自一人走在公園的小路上，她不停地思考著自己的煩心事，以至於對周圍的環境渾然不覺，甚至連陌生人的接近也沒有在意。

終於，當凱薩琳從思緒中回過神來的時候，她才意識到，兩個陌生的男人就站在了自己的面前。那是兩個年輕人，一個身穿著紅鳥的羊毛衫，另一個穿著光滑鋥亮的藍色皮夾克，在他們蓬鬆凌亂的頭髮下面，是兩張長滿青春痘的臉，此刻他們正注視著她，並發出不懷好意的淫笑。

　　「啊？！」凱薩琳不禁吃了一驚，巨大的恐懼和驚慌頓時湧上了心頭，她連連向後退了幾步，離開小路，跑入路邊的矮樹叢，繞開攔在路上的那兩個人，跌跌撞撞地向著公園的深處跑去……

　　她拼命一路狂奔，希望盡快擺脫那兩個心懷歹意的傢伙。當跑了一段路之後，她鼓起勇氣回頭看，然而令她驚恐不已的是，那兩個人也在後面緊緊追逐，不過始終和她保持著大約五十公尺這樣一個不遠不近的距離，而且他們的目光還不住地在她的身上、腿上和臀部游移。

　　凱薩琳不敢再跑了，她也實在跑不動了，於是沿著林中的小路跌跌撞撞地走著。

　　這是一個寒冷的冬日，公園裡沒有其他遊客，再加上此地已經處於樹林深處，即使發出呼救聲也不會有人聽到，凱薩琳恐懼極了。而那兩個年輕人卻正洋洋得意，他們其實早就可以抓住她，但卻不急於下手，就像貓在抓住老鼠之後卻不急於吃

掉，而是要戲弄一番，尋尋開心一樣。因此，他們一直不緊不慢地追逐她，嘲弄並欣賞她的恐懼。

凱薩琳心裡想：「假如他們要的是錢，我乾脆就將皮包交給他們，如果他們能夠就此放過我的話。」

她一邊想著，一邊加快了步伐，就在她正猶豫著是否現在就把皮包丟下，然後趁著他們拾取皮包的時候迅速跑掉時，她腳下猛然被一根突出的樹根絆住，結果身體失去平衡，重重地摔在了林地上。

「哈哈，快看，她自己摔倒了！」那兩個年輕人見狀，在距離她大約十公尺的地方也停住了腳步。

倒在地上的凱薩琳心裡非常焦急，她的頭腦在飛快地旋轉著：「不要慌，越是危險越要保持冷靜，千萬不能失去勇氣。」她暗暗告誡著自己。

她和他們就這樣在距離十多公尺的地方互相注視著。

過了一會，她緩緩地從地上坐起來，對那兩個小夥子說：「你們要幹什麼？」

他們只是互相看了一眼，聳聳肩，沒有說話。

藉著從樹林縫隙中透進來的一點光亮，她看清楚了眼前這兩個追逐者的模樣，他們十八到二十歲，既不像學生，也不像有正式工作的人，顯然是那種不務正業、遊手好閒的人。這些

人也許不那麼聰明，但卻往往是一些危險分子。

那個穿著紅色羊毛衫的小夥子一步步地向她逼近。

她急忙從地上爬起來，將皮包向地下一丟，繼續向前跑去。

「快一點，再快一點！」儘管她已經累得上氣不接下氣，精疲力竭了，但求生的本能依然在內心呼喊著。

然而，她身後追逐者的腳步聲不但沒有消失，反而越來越近……

她跑出了樹林，眼前是一片開闊地 —— 那裡是一個池塘，一個平坦、灰暗、反射著灰色天空的池塘！

她心裡很清楚，公園有明文規定：禁止游泳，除非想擁抱水裡的蛇。但此刻她已經顧不了這麼多了，因為兩個緊追不捨的歹徒已讓她別無選擇。

凱薩琳從小就學會游泳了，而且水性很好。就算她不會游泳，但在這種緊急情況下，她恐怕也要義無反顧地跳下水去，更何況，池塘只有不到一百公尺寬，憑她的能力完全能夠游到對岸。

於是：她毫不猶豫地跳進水中，對水的熟悉感瞬間帶給她一種安全和希望的新感覺。她拚命用雙腳打著水，雙手也在使勁划動著，一公尺、兩公尺……十公尺……她離身後的岸邊越來越遠了。

　　可是，由於是冬日，她身上穿著厚厚的衣服，進入水中之後那些衣服吸足了水，十分沉重，這讓她游起來非常吃力。她拚命地擺動雙腳和雙臂，卻也只能勉強讓鼻子露出水面。就這樣，她拚盡全力一直游到池塘中央。

　　在水裡，她回頭看了一眼，只見那兩個年輕人站在岸邊，既沒有下水，但也沒有離開的意思。

　　「只要我游到池塘那一邊就好了。」她抹了一把臉上的水，一面繼續用雙腳踩水，保持身體浮在水面上，一面繼續注視著那兩個人的行動。

　　那兩個傢伙正在低聲地交頭接耳，似乎在商量著什麼新計畫，可是她一句也聽不見。

　　她在心裡拚命地祈禱著，希望那兩個人快快離開池塘邊，這樣她就可以從池塘的另一邊游上岸，因為她的體力快要耗盡了，她快要撐不住了！

　　可是讓她感到絕望的是，那兩個人非但沒有離開，反而兵分兩路──穿藍皮夾克的那個留在原地守候，穿紅色羊毛衫的那個則繞到池塘的另一邊，顯然，他們是想雙向夾擊，截斷她的去路。

　　看到這一情形，她嚇得尖叫起來，那叫聲充滿了恐怖和絕望，在池塘上空迴盪，恐怕任何一個有良知的人聽了都會動容

的。然而，池塘四周那些看似美麗而友善的樹林，此刻卻像一道冷酷的樹牆，將她的尖叫聲反彈回來，僅此而已。

「救命呀，快來人，救命……」她在水面上拚命地掙扎著、呼救著，直到她將肺裡的空氣全部吐光。

慢慢地，她的身體開始向水中沉，眼看著水面已經沒過她的嘴唇，她不得不奮力撲騰著，使嘴露在水面之上。

那兩個追逐者站在湖的兩邊冷酷地看著這一切，他們似乎根本沒有下水的意思，只是想以這種方式嘲弄她，折磨她。

氣溫越來越低，水變得更加冰涼，她還在水中掙扎著。他們有兩個人，把她困在池塘中簡直是輕而易舉。因為料定了她一定會束手就擒，所以他們根本沒有下水的必要。

可是，她在水中還能堅持多久？如果是晴好的天氣，也許她可以堅持得久一些，可現在冷風颼颼，湖水如此冰涼，再加上她身上穿著厚厚的衣服，這些都耗光了她的力氣，更可怕的是，此時她已經游到了池塘中央。她的雙腳根本搆不到池底。

「嘿！你遲早得出來！」「紅毛衫」在岸邊叫喊著，那個傢伙臉上帶著獰笑，雙眼中露出凶光，那眼神中流露出來的東西，彷彿只有野獸才會有。

「我們現在該怎麼辦？」「紅毛衫」大聲問對岸的人。

「等！」「藍夾克」說。

　　「紅毛衫」一邊等待，一邊百無聊賴地用腳踢著池塘邊的軟泥。突然，他靈機一動，彎下腰抓起了一把軟泥，捏成一個小泥球，然後猛地朝水中的女孩子扔了過去。

　　那個泥球劃過一道弧線，落在距她一公尺遠的水中，濺起的水花噴了她一臉。

　　「嘿，我們練習打靶吧！」「紅毛衫」得意地大笑起來，並對著「藍夾克」大喊道。

　　這兩個傢伙彷彿發現了一種有趣的新遊戲，他們樂此不疲地從池塘邊挖起一塊塊泥巴，揉成泥球，扔向那個女孩子的頭部，他們一邊扔著，還一邊發出陰陽怪氣的笑聲。

　　一團團泥巴雨點般地飛向凱薩琳，為了避開這些攻擊，她左擋右閃，甚至還不得不把頭埋進水中，每當她為了吸氣再度浮出水面的時候，岸邊的那兩個傢伙就哈哈大笑。

　　有些泥巴打在水裡，還有些泥巴不偏不倚，打在了她的臉上，雖然沒有造成什麼傷害，但泥土濺進她的雙眼、鼻子，還有嘴裡，嗆得她只想咳嗽。

　　為了躲避密集的「子彈」，她一下子扎進水中，用水抹了一把臉，洗掉臉上的泥巴，然而當她再度浮出水面時，他們在得意歡呼的同時，還不忘用更密集的「子彈」射擊她。

　　她已經被折磨得一點力氣都沒有了，在冰冷的水中，身體

也漸漸地麻木了。

　　岸上的那兩個傢伙扔了一會兒泥巴，發現附近鬆軟的泥巴都「用光了」，於是他們開始環顧四周，繼續尋找新的「彈藥」來源。「嘿，這裡有石頭！」「藍夾克」像發現了新大陸一般高叫道。

　　他跑到池塘邊的一處石頭堆，從中撿起一塊拳頭大的石塊，掂了掂分量，然後毫不猶豫地朝水中的女孩子狠狠拋過去。

　　她掙扎著漸漸麻木的身體，努力躲開這種致命的攻擊，每當石塊飛來，她就潛進水中。狡猾的「藍夾克」同時撿起兩塊石頭，先丟擲一塊，當她避開這塊石頭又浮水面時，他看準了她的位置，再扔第二塊石頭。結果，當她剛剛浮出水面的時候，就被第二塊石頭擊中了右太陽穴，鮮血一下子流了出來。

　　她受傷了，但是她的意識很清醒，知道自己如果現在不上岸，就算不會被打死在水裡，也要被水淹死。

　　她忍著傷痛，開始一點點向「藍夾克」那一邊游過去，她的手臂和腿已經完全沒了事法，就像一條快淹死的狗在涉水一樣，動作緩慢而費力。朦朧之中，她好像看到「紅毛衫」在往「藍夾克」那邊跑，原來這兩個人打算會合在一起，共同等著她上岸。

　　她終於掙扎著游到了岸邊，踉踉蹌蹌地涉水上岸。最後，

當水深只到她的腰部時，她一下子摔倒了。

「紅毛衫」和「藍夾克」拉住她的手臂，將她從水裡拽上來，「你看，她長得並不是很好看。」他們中的一個說。

彼特又完成了一次巡邏，當他駕駛著警車返回公園大門的時候，他注意到在門口的停車場上，紅色佳寶車和黃色MAZDA仍然靜靜地停在那裡。

他低頭看看手錶，指標顯示的時刻是下午四點三十分。看來，那兩輛車在那裡已經有好一陣子了。

「車是什麼人的？為什麼這麼長時間還不見蹤影？」一種不安從他的心中隱隱升起。他走下警車，來到那兩輛汽車旁邊。

彼特看看這兩輛汽車的牌照，都是本地的。他再看看車鎖及車窗，也都完好無損，車內似乎也沒有什麼可疑的東西。那麼他內心為什麼會出現這種不安的感覺呢？他也不曉得。

彼特點燃了一支菸，倚在黃色馬自達車上抽著。這時，公園的四周很寂靜，只有歸巢的鳥叫聲以及風吹樹葉的聲音。

「但願那些人會自覺地在天黑之前走出公園。」彼特想。因為他實在犯不著大聲吆喝他們，或者進去找他們。

一根菸抽完了，他將丟在地上的菸頭用腳踩滅，然後又回到巡邏車上，繼續巡邏。

「喂，達克，你看，她怎麼不動了？」

達克臉上的獰笑消失了，這使他多少看起來像一個正常的青年。他的兩眼像兩塊灰綠色的玻璃，散發出一種奇異的神色，過了半晌，他終於說：「我想她是死了。」

「死？你是什麼意思？」

「你知道是什麼意思，她不再呼吸了。」

兩個年輕人這下傻眼了，他們望著地上那個已經失去了生命氣息的軀體，不禁面面相覷。他們自己身上也沾滿了泥巴和汙水。

「趁現在沒人，我們快走吧。」杜爾站起來，緊張地瞧瞧四周說。

「可我們不能把她的屍體留在這裡！」達克提醒他。

「我們還有什麼好辦法呢？」杜爾顯得有些煩亂。

「傻瓜，如果有人發現了她的屍體，我們就完了！」

杜爾咧嘴笑了笑說：「別擔心，這裡很少有人來，等一會兒我們到公園外開走她的車，再將車隨便丟棄在某個路邊，即使第二天有人發現她的屍體，也不會想到是我們幹的！」

「不行！這個公園裡會有警察在巡邏。」達克說，「也許在我們進公園的時候，警察就已經注意到我們的汽車了，還有她的汽車。看我們這麼長時間沒有出去，也許警察早就記下了我們的車牌號呢！」

「那我們怎麼辦？」

「我想，我們最好是把她的屍體藏起來。對了，藏在池塘裡，怎麼樣？」

「哈哈！好主意！」杜爾說，「就讓她靜靜地在池塘底下沉睡吧，睡上一個星期，最好能睡上一個月或一年！假如沒人知道池塘底下有屍體，就永遠不會有人發現她。對了，我們必須讓她一直沉入池底，讓池塘裡的魚將她吃掉，這樣就乾乾淨淨，完全找不到屍體了。沒有屍體，警察就無法證明我們殺了人，即使能記住汽車牌照也沒用！」

於是，他們趕緊手忙腳亂地撿來許多石頭，儘管雙手都磨破了皮。

然後，他們把石塊塞進女孩子的口袋裡。可是，怎麼才能把屍體放到水中呢？達克建議說：「得把她丟到深水中！」

「要多深才夠？」

「至少得四、五公尺深，難道你不會猜想嗎？」

他們清楚，假如站在岸邊把屍體拋入池塘中，頂多也就能拋兩到三公尺遠，這樣的距離和深度是遠遠不夠的。唯一的辦法就是將屍體搬入水中，但是他們倆誰都不會游泳，可隨著天色逐漸變暗，他們必須快速行動，毀屍滅跡。

他們不能穿著衣服下水，因為這樣會把衣服弄得又髒又

溼，在出公園的時候反倒會令人生疑。於是，他們只好脫掉衣服，搬著屍體，瑟瑟發抖地走進冰冷的水中。

他們向池塘裡走了大約五、六公尺遠，實在走不動了，這時屍體已經完全浸在水中了，塞在女孩子衣服口袋裡的石塊正墜著屍體往下沉。他們雙手一鬆，看著屍體慢慢沉入水底，然後涉水奔回岸邊，匆忙穿上衣服和褲子。待他們掉頭要跑時，一眼看到留在池塘邊的那些雜亂鞋印，這又讓他們犯了愁。

「如果這些鞋印讓警察發現，他們一定會懷疑這裡發生過什麼事情，會進行追查的。」杜爾不無擔心地說。

「不用擔心！你看這天色，很快就要下雨了，到時候就會把這裡沖刷得乾乾淨淨。」達克自信地說。

於是，他們兩人又從原路返回。

在林地中，他們找到了女孩子的皮包，開啟一看，裡有一把 MAZDA 汽車的鑰匙，還有十六元的零錢，這些都被他們裝進了自己的口袋。至於包裡的其他小物品，如梳子、化妝品、小刷子、唇膏和眉筆等，這些東西不僅沒有用處，反而是必須要銷毀的物證。

達克提著皮包又跑回池塘邊，他右手抓住皮包的長帶子，用力在手中旋轉了幾下，嗖的一聲就拋進了池塘中央。

那個皮包飛在半空中時，皮包口開了，裡面的那些雜物散

落了出來，落在池塘中央的水面上。有些物體迅速地沉到了水底，但有一張黃色的化妝紙，卻孤零零地漂浮在水面上，就如同墳頭上的一朵雛菊。

他們站在岸邊看了一會兒，就急匆匆地向公園大門口的方向跑去。

此刻，彼特正懶洋洋地坐在警車裡，他手錶的指標已經指向了六點鐘 —— 冬天的天色暗得早。

「這兩輛車的主人怎麼還不出來？我是不是該進林子裡喊那些人？」彼特正在猶豫著。

這時，一陣腳步聲從公園裡傳來，彼特向車窗外一看，只見樹林中有一紅一藍兩抹鮮豔的顏色漸漸地接近，他如釋重負。

待到人影走近時，彼特證實了自己先前的猜測：果然是兩個年輕的無賴。

然而，真正令彼特感到意外的是，那兩個人分別朝兩輛車走去 —— 穿紅羊毛衫的走向佳寶車，穿藍夾克的則走向黃色MAZDA。

「他們為什麼要這樣？」彼特冷眼旁觀著。只見那個「藍夾克」伸手去拉「MAZDA」的車門，但卻打不開，於是，他從口袋中摸出一把鑰匙插進鑰匙孔。

彼特心中的問號越來越大，他思索：「看這兩個人的衣著穿

戴和身分特徵，應該是同開一輛佳寶車來的，不像是分乘兩輛車來公園裡見面的。更何況，這個穿藍夾克的傢伙，怎麼看也不像是駕駛一輛幾乎全新汽車的人。」

那個穿藍夾克的開車門的速度很慢，顯然他對這部車並不熟悉。

看到這裡，彼特下了警車，快步走上前去，問道：「你散步愉快嗎？」

正在專注開車鎖的「藍夾克」聽到背後突然響起的問話，吃了一驚，猛然轉過身子，他的兩眼發直，臉上帶有凶狠的表情：「什麼？」

「我是問你，剛才散步愉快嗎？」彼特又靠近了一步。

一見是公園的巡警，「藍夾克」的凶狠表情一掃而空，「呃，當然，愉……愉快。」他結結巴巴地說，並且身體因緊張還在發抖。

彼特機警地打量了一下他捏著車鑰匙的手，那是一隻凍得通紅的手，可是天氣似乎還沒有冷成那樣。「他的手是溼的，難道是在出汗？不，絕對不會是汗。是水弄溼的？對，一定是公園池塘裡的水。」他猜測著。再看看「藍夾克」的全身，也都是溼的。

彼特斷定，他一定在池塘裡遊過泳。公園有明文規定是禁

止游泳的，然而他卻無法採取進一步的行動，因為他沒有證據。

「藍夾克」又繼續回過身去開 MAZDA 的車門。現在，他已經打開了，鑽進汽車，在駕駛座上坐下來。可能他覺得有點擠，就將手伸到座位下面摸索著調節鈕，按住按鈕，他往後推動座椅，把座位距離放大了一點兒。做完這些，他抬起頭衝著彼特笑了笑，然後關上車門，開始發動汽車，不一會兒，佳寶和 MAZDA 兩輛汽車就絕塵而去了。

彼特呆呆地望著那兩輛消逝在夜色中的汽車。這時，他突然回想起剛才看到的一個細節 ── 那個「藍夾克」把車座往後推。

「雖然調節座位本身並不能證明什麼，但顯然那個座位的空間太狹小，不適合他的身材……或許有一個身材比他小的……難道是一個女孩子？莫非……樹林裡還有其他的人？」彼特一邊走向自己的警車，一邊思忖著。

「不對！」彼特猛然朝著公園裡面跑去，大約跑了五十公尺後，他放聲大喊：「喂，這裡有人嗎？」

四周靜悄悄的，沒有任何回應，甚至連樹林也在沉默。

他繼續向樹林深處跑去。畢竟他上了些年紀，而且身體肥胖，這讓他跑了一會兒就開始氣喘吁吁，但是他堅持著，不能停止。

「池塘」彼特猛然想到「藍夾克」那溼漉漉的衣服。他斜穿著跑過樹林，下了斜坡，池塘就在眼前。

彼特沿著泥濘的池塘邊仔細檢視，發現了亂七八糟的鞋印，它們都是新留下的，顯然那兩個傢伙在這裡下過水。

「難道他們發瘋了，在這樣冷的天氣還下水。他們為什麼要這樣做呢？不管是游泳還是涉水玩，這顯然都不合乎情理啊。」彼特疑惑著。

他又反反覆覆地在池塘邊檢視，仍然沒有發現任何女孩子來過的證據。「可能這些證據都被那兩個傢伙毀掉了。可是，『藍夾克』推汽車座椅的舉動又該如何解釋呢？」他百思不得其解。

彼特感到頭部有些發脹。他直起身子，望著那沒有漣漪的湖面，希望能從水上找到一點兒蛛絲馬跡。

「咦，那是什麼？」他突然發現水面上正漂浮著一樣東西 —— 似乎是一張溼了的化妝棉或紙巾，不過，瞬間他又覺得那倒沒什麼特別之處，因為遊客隨處丟棄雜物現象是很常見的。

藉助夕陽的最後一抹餘暉，彼特又看見水面上漂浮著一個小小的黑東西，也許是一小段樹枝，也許是別的什麼東西。

不知怎麼搞的，這時彼特的內心驅使他做出了一個近乎瘋狂的舉動：脫下鞋襪，捲起褲管，涉水進入池塘中。其實，他完全沒有必要這樣做，因為他只是一個公園的巡邏警察，但是

他痛恨無賴，尤其是那些專門製造麻煩的年輕無賴，他要看看那兩個傢伙究竟幹了些什麼。

彼特大約向水中走了五、六公尺遠，一把將那個小小的黑東西抓在手中，定睛一看，原來是一支女孩子化妝用的眉筆。

「為什麼會有一支眉筆漂浮在池塘中，它的主人在哪裡呢？它是木製的，會漂浮，但漂浮不了多久，也就是說它的主人應該在不久前來過這裡，可是，在哪裡呢？」他站在冰涼的水裡，看著手中的眉筆不停地思索著。

彼特警官趕緊跑回到警車旁，利用車載無線電和值班副警長進行聯繫。

「是的，你最好先查那輛 MAZDA，車牌號是 JO-1578，我對車主的身分很感興趣。還有一輛紅色的佳寶也要查，是 1959 年的，牌照號碼是 WY-203354。」彼特焦急地說。

「彼特，」副警長打岔說，「車主犯了什麼罪？」

「在公園裡游泳。」

「游泳？」

「罪名當然就是這個！」彼特吼叫道。

「要快！在他們逃跑之前逮住那兩個傢伙！對，就以游泳的罪名拘捕他們，直到我把池塘裡的水放乾。」

慰問信 ————————————

　　傑里今年三十出頭，他留著一頭濃密的黑髮，身材高大，非常英俊。

　　他開了一家食品店，店後面就是他的小辦公室。此刻，他正坐在辦公室裡，面前是一張粗糙的松木桌子。傑里的太太路易絲是個熱情開朗的人，這時她正在店裡殷勤地招呼著客人。

　　傑里透過玻璃，看著妻子那一頭蓬亂的紅髮，以及臃腫肥胖的身材，不由得厭惡地皺了皺眉頭。此時，他的思緒完全飛到了另一位女人 —— 約翰太太的身上。

　　傑里還能清晰地回想起第一次見到約翰太太時的情形。那次是約翰太太來他店裡買東西，她那高雅的氣質，嬌小的身材，和聲細語的話音，以及彬彬有禮的舉止，簡直把傑里給深深迷住了。據說她的丈夫約翰是一位著名律師。

　　傑里記得自己曾經見過約翰先生。有一次，他走到店門口呼吸新鮮空氣時，曾看見約翰沿著街道向火車站走去，由於約翰的辦公室在城裡，所以他每天都要搭乘火車進城去辦公。傑里從他身上的昂貴服飾以及手中的名牌公文包斷定，這是一位

高收入的成功人士。

　　傑里心裡不禁有些嫉妒，他想：要是自己當年也擁有與約翰一樣的受教育機會，那麼自己現在也許就不是小食品店老闆了，而是一位在法庭上侃侃而談，呼風喚雨的大律師了。傑里經常幻想自己是位在法律界叱吒風雲的律師；用他的睿智、機敏和雄辯去揭開事情的真相，將凶手繩之以法。甚至他還幻想如果運氣好的話，他也許會成為一位著名的外科醫生……可現在，他只是一個小小的食品店老闆，整日忙碌於進貨和銷售的煩瑣工作之中。

　　傑里的思緒又回到約翰太太身上，她是個可愛的金髮女人，坦率地說，傑里從見到她第一眼的時候就喜歡上了她。

　　當然，傑里的心思約翰太太本人並不知道。雖然在約翰太太最近一次來店裡時，傑里曾經隱晦地向她表達過自己的愛慕之情，但約翰太太似乎並沒有聽出弦外之音。

　　那是一個黃昏，傑里的太太路易絲回家準備晚飯，只有傑里一人在店中。就在這時，約翰太太來了，她走進店裡，向傑里熱情地打著招呼：「你好，傑里先生，今天天氣真不錯，很迷人。」

　　「是啊，」傑里回答說，「尤其是此刻，約翰太太。」他報以一個和善的微笑。

傑里一邊說著，一邊仔細注視著約翰太太那雙淡藍色的眼睛，希望能從中讀出一些特別的訊息。傑里看見約翰太太的眼中露出驚訝之色，隨即又被一抹愉快的光彩所取代。傑里不禁心中暗喜，他知道許多女顧客都很迷戀他，當然，她們總要保持女性的矜持而極力掩飾這一點。傑里對自己的判斷深信不疑：瞧！約翰太太現在就是這樣，她為了掩飾愉快的心情，就裝作挑選食品的樣子，沿著貨架走來走去的。

「我應該趁熱打鐵！」傑里暗暗地想。於是他走過去，裝作漫不經心地說：「真奇怪，妳來這裡買肉、買沙拉、乳酪等，目前我們之間只是店主與顧客的關係……但我想我們的交情應該不止於此，我們應該更進一步認識，呃……我指的是私人方面。」

她轉過頭來說：「你說得對，我們是應該深入地認識。可是，」她再次驚訝地看著他，「我不太明白你的意思。」

傑里幽然一笑，淡淡地說：「我的意思是，我們相識，又能經常見面，這是一個良好的開端。」

她點點頭，沉著地問：「或許還有呢？」

「嗯？」傑里突然感到一種衝動，他甚至奇怪自己怎麼會如此大膽，說出這樣的話來。

「我覺得我們能多認識一下該多好啊！」傑里說。

「怎麼多認識？」她反問道。

「我想……要不，我們一起喝一杯吧，找個清靜的地方，現在就動身！」傑里有些興奮地說。

然而，她卻沉默不語。

「她大概是顧忌我的妻子吧？」傑里想到了這一點。「約翰太太，你別擔心，我妻子此刻不在店裡，她已經回家做晚飯了。」接著他又補充說，「我經常在店裡忙到很晚才回家，她不會懷疑的。」

「哦，那倒是。」她似乎有些猶豫地點點頭。

傑里也見到了約翰太太所表現出的猶豫神情，趕忙說：「對了，約翰先生通常在城裡也會工作到很晚，是吧？因為我晚上在店裡值班的時候，經常看見他搭乘末班列車回來。」

「是的，他的工作非常忙，還要經常加班。」她直截了當地回答說，「所以他每天上班喜歡步行到車站，從車站回家的時候也喜歡步行，因為這樣他可以活動一下腿腳。你的意思是，你要我和你找個地方喝一杯？就現在？」她揚起那雙迷人的淡藍色眼睛問道。

「對，對！我就是這個意思。我知道有一個好地方，就在半島那邊。前段時間我曾去過一次，那裡沒有人認識我，也不認識妳，我們可以假裝是在那裡談論生意的話題，對不對？你放

心，不會有人懷疑的。在現在這個年代，一男一女喝喝酒、聊聊天，沒有什麼大不了的。」

「你真的認為我會去嗎？」約翰太太反問。

「我希望妳會，雖然我自己的汽車被妻子開走了，不過……」

「不過，我有車，對不對？」

「對！我可以先走路回家，然後妳開車在半路追上我，我再搭乘妳的車，即使被其他人看到，也會認為是妳讓我搭便車一樣，你覺得怎麼樣？」

約翰太太搖了搖頭，凝視著他緩緩地說：「你知道，我已經結婚了，我的生活非常美滿和幸福。我的丈夫非常優秀，我們互敬互愛，我想也許是你誤會了什麼。如果我給你留下了什麼錯誤的印象，我感到非常抱歉，我是無意的。傑里先生，算一下帳吧，這些食品一共多少錢？」

起初傑里懷疑自己是不是聽錯了，但他看到約翰太太的表情平靜，又覺得她似乎是認真的。他頓時覺得心裡一片冰涼，開始機械地為她包裝食品和找零錢。但是，他仍然相信自己的直覺，認為約翰太太對自己多少是有一點好感的。

「對！她一定對我心存好感。我分析，她之所以不願離開她的丈夫，是因為她的丈夫具有一定的社會地位和經濟實力，也許她是害怕失去這些，才不敢接受自己。」一想到這些，傑里剛

才那冰涼的心才似乎有了點溫度。

接下來，傑里又任憑想像的馳騁了：「假如有一天，約翰先生不在了，那又會怎麼樣呢？如果那一天真的到來，她會怎麼做呢？對，她一定會向我真情告白，熱烈地迷戀上我！準沒錯！」

在傑里還陶醉於美好的想像時，約翰太太已經將包好的食品放進了包裡，又將找回的零錢收好。「再見，傑里先生。」她冷冷地打了聲招呼，就轉身離去。傑里一下子回過神來，望著她遠去的背影，失望地搖搖頭。

傑里的思緒又回到了現實中 —— 那已經是三個星期前的事了。

從那天晚上起，約翰太太再也沒有來過。他知道這是為什麼 —— 她一定是擔心在他面前控制不住自己的情感。他深信，她害怕屈服於情感，害怕因為思想的動搖而毀掉到她的婚姻。不過，假如那「障礙」不存在的話……

「誰在裡面？」辦公室的門外傳來了敲門聲，是太太路易絲回來了。傑里經常把自己反鎖在辦公室裡，因為路易絲總是在他希望清靜一會兒的時候不合時宜地進來打擾。

「幹嘛？」他厲聲地問道。

「你在幹什麼？」

「我在忙！」

「忙什麼？」，

「忙我自己的事情！」

「我希望你告訴我你在忙什麼？」

「妳就想知道這個嗎？就想知道我在這裡幹什麼嗎？」

「哦，店裡的乳酪斷貨了。」

「那就打電話讓他們再送來一點。」

「你什麼時候出來？」

傑里此刻實在不想看到妻子的那張臉。在當初，他追求路易絲的時候，還認為她極富魅力，可現在……

「我出來的時候會告訴妳。」他說。

「什麼時候？」

「妳別管了！」傑里不耐煩地喊道。

路易絲悻悻地走了。傑里聽見妻子的腳步聲越來越遠，他又繼續想著約翰太太。「約翰！他是隔在我和約翰太太之間的唯一障礙，假如沒有他，也許約翰太太早就向自己投懷送抱了。」他一邊想著，一邊從桌上的一個小盒子裡取出一把小小的鑰匙，打開辦公桌上唯一的抽屜，「假如……」，傑里從抽屜裡取出一張信紙，拿起筆，開始了幻想。

　　傑里很喜歡寫信這種溝通方式，當然他也非常善於寫信。曾有許多人問過他：既然你有這麼好的寫作才能，為什麼不去專職寫小說呢？那樣可以名利雙收，不是比經營一個小食品店更有前途嗎？不過，那是以後的事了，現在他要寫些別的。

　　傑里開頭這樣寫道：

親愛的約翰太太：

　　雖然妳只是我眾多顧客中的一位，但我一向非常尊敬妳。今日，我驚訝地獲悉約翰先生不幸去世，我深感難過，特寫信向您表示誠摯的慰問，希望您保重身體，節哀順變。

傑里夫婦敬上

　　寫完之後，傑里拿起這封信端詳了半天，可是他不但沒有覺得心中舒暢，反倒更加添堵了。

　　「要是有朝一日真能寄出這封信，那該多好啊！不過，會有這樣一天的。」傑里內心期盼著這一天的早日到來。他小心翼翼地將這封信摺疊起來，放進抽屜裡，又用鑰匙將抽屜鎖上，然後走出辦公室，關上店門回家了。

　　晚上，傑里躺在床上，翻來覆去地睡不著，滿腦子還都是約翰太太的影子，最後他只好披衣下床，獨自坐在客廳裡發呆。

　　「感情煎熬真折磨人‧我怎樣才能讓夢想實現呢……」他絞盡腦汁地思索著。

第二天，傑里來到店裡，依舊是繃著一張陰沉沉的臉，一言不發。妻子路易絲看到他這種表情，顯得有些緊張，不停地問：「傑里，你這是怎麼了？怎麼一句話也不說，究竟發生了什麼？」

傑里沒吭聲。

「你在想什麼呢？」路易絲小心翼翼地問。

「這和妳無關！路易絲！」

「你告訴我，你究竟是怎麼了？」

「快回去做飯吧，做通心粉沙拉！」傑里生硬地說。

晚上次到家裡，夫妻二人匆匆地吃過晚飯，傑里站起來說：「今晚我還要到店裡去一趟，因為有些帳目沒做完。」

「好的，那你去吧，天黑，注意安全。」路易絲關切地說。

「對了，我在工作的時候，妳別打電話來打擾我，我不想在電話裡聊天浪費時間，懂嗎？」

「啊？我真搞不懂你。」路易絲顯然感到不爽了。

當傑里駕駛著汽車離開家時，又回想起與約翰太太最後一次見面時她的神情。那次見面，在約翰太太的目光中似乎蘊涵著對他的款款深情，他對此深信不疑。

「如果她在失去丈夫的同時，又不會失去他們的財產，那她

一定會欣然選擇和我在一起，不是嗎？」他這樣想著，「對，假如把她的丈夫除掉，她同樣可以繼承她丈夫的存款、不動產和保險，這樣一來，她就可以沒有任何顧忌地和我自由來往了，一定會這樣！如果真有這樣一天，我將毫不猶豫地和路易絲離婚，再與她正式結婚，從此我們兩個人長相廝守在一起。」他拿定了主意。

傑里並沒有直接前往食品店，而是開車來到了當地的圖書館。進館後，他先是檢索目錄卡，然後來到相應的書架上找他想要的書。他找到了一本有關汽車修理的書，然後他把書拿到桌子上，仔細閱讀起來。他所閱讀的章節是關於汽車門鎖的結構，他一邊閱讀，還一邊仔細地將部分內容抄寫在一個小記事本上。之後他離開了圖書館，又前往火車站取了一份列車時刻表。

做完這些之後，傑里才驅車前往食品店。在辦公室裡，他先仔細閱讀列車時刻表，然後又仔細研讀他抄滿了資料的小記事本。

時間已經很晚了，傑里才走出辦公室。

他來到前面的店裡，故意沒有開燈，坐在店內沿街的窗前，藉著路旁昏黃的路燈光亮，透過窗戶望著街道。過了一會兒，街道上出現了一個身材瘦長的熟悉人影，那人手裡提著公

文包，急匆匆地走過。沒錯！那正是約翰先生 —— 他每天都搭乘晚上八點零六分的火車回來。

第二天上午，傑里讓路易絲照顧著食品店，自己則駕車去了郊外的一個小鎮。在那裡，他買了一些工具，放在汽車的備份箱裡帶回家。他將這些工具拿進車庫 —— 在車庫裡，他有一個工作臺，他要按照小記事本上的資料，開始研究如何用那些小工具開啟汽車門鎖了。傑里在機械方面果然有點天賦，幾個小時之後，他就已經可以熟練地使用這些工具解決汽車門鎖，並發動汽車了。

做完這些之後，他小心翼翼地將工具藏在車庫一個舊箱子的底部，然後又駕車返回店裡。

「你剛才到哪兒去了？」路易絲一見到他就問。

他沒有正面回答妻子的發問，而是看看貨架，顧左右而言他：「我看店裡的涼拌生菜絲該添一點了。」

在接下來的整整一個星期裡，傑里每天晚上都謊稱到店裡做帳，其實他都是躲在黑漆漆的窗戶後面觀察街道的情況。他注意到，每天晚上約翰都在同一時間經過這裡。甚至有幾次傑里還悄悄地離開店鋪，遠遠地跟蹤他。約翰先生很有規律，他每天都在同一時間，走同一條路，而且每次都走街道的同一條路，轉過同一個拐角，回到那寬敞明亮的家。每天晚上，約翰

太太也都會在丈夫到家的時候，開啟房門，用一個熱情的擁抱來迎接他。星期五那天晚上，傑里站在陰暗的角落裡，又一次目睹了約翰夫婦熱情擁抱的場景，他心裡不禁產生一絲妒忌：「怎麼會是該死的約翰！要是換成我那該多好啊！」

當傑里半夜回到家中的時候，路易絲不住地嘮叨著，抱怨他每天晚上都要出門。不過傑里對路易絲的抱怨充耳不面，他心裡有一個宏大的計畫，在下個星期一即將實現。

星期一晚上，傑里走進車庫，從那個舊箱子裡取出那幾樣開鎖工具，放進汽車的備份箱裡，這次他還特意帶了一雙薄皮手套和一個小手電筒。

臨出門前，他告訴路易絲，今晚他還要到店裡整理帳目，然後就駕車離開了。

傑里在尋找一輛藍色的轎車。

因為在前幾天的晚上，傑里跟蹤約翰時，總會發現自己所在的社區裡停著一輛藍色的汽車，它總是停在兩棵大橡樹的樹蔭下，非常好找。而那輛轎車的位置距約翰夫婦住的高級住宅區只有三公里的距離。

傑里駕車來到距那輛藍色轎車兩條街外的地方，停了下來，熄了火。他小心地下了車，從備份箱裡取出工具，然後朝那輛藍色的汽車走去。路上沒有行人，傑里很順利地接近了那

輛汽車。他站在樹蔭裡，仔細地觀察周圍的環境，當他確信四下無人之後，就戴上手套，開啟手電筒，開始緊張地忙碌起來。

幾分鐘後，傑里已經坐在汽車裡了。

他熟練地發動了引擎，汽車沿著街道高速行駛了三公里，然後停在了他事先選擇好的地方。傑里熄滅了車燈，但沒有關掉引擎。這時，他發現自己的呼吸莫名地急促起來，手心裡都是汗。

他開啟小手電筒，在微弱的光線下，他看看手錶 —— 再過五分鐘，約翰就要經過這裡了。他靜靜地等著，這五分鐘過得好慢。彷彿過了很久，約翰的身影終於從藍色轎車後面出現了，他拿著公文包，經過傑里所在的汽車，向前面的十字路走去。

當約翰離開人行道，橫穿馬路時，傑里猛然發動了汽車，車輪飛快地轉動著，發出轟鳴聲。汽車像一匹脫了韁的野馬一般，全速向十字路口衝去。約翰正好走在十字路當中，他被身後的轟鳴聲嚇呆了，他轉過頭看著來車，猶豫了一下然後驚慌地退回路旁，汽車朝他衝了過去……然後就如同一場噩夢一般，事情過去了。

傑里沒有停車，繼續向前開去，直到開出了三條街，這才停下車。

他跳下車，頭也不回地向前跑，一口氣跑到自己的汽車那裡。

傑里將開鎖工具、小手電筒以及手套通通放回車庫的箱子裡小心地藏好，然後回到房間裡。路易絲又抱怨他怎麼這麼晚才回來。傑里毫不理睬，直接回到臥室，躺在床上，等候電話或門鈴聲。

可是，兩者都沒有響。

傑里整整一個晚上都沒有睡著。第二天早上，他仍然精神抖擻地開車帶路易絲到店裡。在路上，他從報攤上買了份當地的日報，只見約翰先生發生意外的新聞被用醒目的字型刊登在頭版頭條。一到店裡，他就鑽進自己的辦公室，把報紙攤在桌子上仔細閱讀新聞內容。

（本報訊）著名律師約翰命懸一線

昨夜，本鎮名人約翰律師下班回家途中被一輛汽車撞倒，身受重傷。肇事者逃之夭夭。到記者發稿為止，警方尚未獲得有價值的線索。據悉，肇事車的車主在汽車肇事前數分鐘報警，說汽車被竊……

讀到這裡，傑里的臉上浮起一絲微笑，他將報紙揉作一團，丟進了廢紙簍。「看來計畫已經成功了，簡直是天衣無縫！下一步就該……」他暗暗得意著。

他用小鑰匙開啟抽屜，伸手去拿那封寫好卻沒寄出的信。

可是，它卻不翼而飛了！

傑里一下子呆坐在椅子上，這封信究竟哪兒去了？他的心在狂跳，然後他勉強站起身，走到外屋，大聲問路易絲：「妳有沒有翻我的抽屜？」

路易絲眨巴著雙眼，臉騰地一下子紅了，「我，我……」

「說實話！」傑克逼問著。

「嗯，是……是的。」路易絲結結巴巴地說：

「因為你最近的行為總是怪怪的，對我很冷淡，所以我很擔心，也很嫉妒，後來我懷疑你的抽屜裡藏了什麼祕密，比如：也許你在外頭認識了什麼人，把她的訊息藏在了抽屜裡。我們家的五斗櫥裡有一把備用鑰匙，所以，三天前我拿出鑰匙，開啟抽屜。我沒有找到什麼可疑的東西，除了一封信。當我正要閱讀這封信的時候，你恰巧回來了，於是我趕緊把信放進口袋裡，重新把抽屜鎖好。我一直沒有機會看這封信，直到那天晚上你又出門後。」

路易絲喘息了一會兒，接著又說：「等你出門後，我才開始讀那封信。說實話，我覺得很內疚，是我誤會了你。傑里，我不知道約翰太太的先生去世了，約翰太太可是個好人，待人也非常和氣，因為我接待過她幾次，我記得她。對我們的老顧

客，你也真是體貼周到，還給她寫了一封慰問信，我以為你忘了把它寄出去，於是我在電話簿上找到他們家的地址，將信裝在信封裡，貼足郵票，幫你寄出去了。本來我想和你說的，可是又怕你生氣，說我亂翻你抽屜……」路易絲囁嚅著說。

就在這時，電話鈴響了。

傑里死死地盯著路易絲，大口地喘著氣，倒退過去拿起話筒。

「喂？他醞釀了半天才說出話。

「是你嗎，傑里先生？」一個很熟悉的聲音。

「是的。」他的聲音突然變得非常軟弱無力。

「今天早晨我收到一封信，是你兩天前寄出的信。」冰冷的聲音停住了，然後尖叫從聽筒裡傳了出來，「你怎麼知道我會成為寡婦的？！」

傑里手握話筒，愣在那裡，心裡明白接下來會發生什麼了。

路易絲用哀求的眼神凝視著他，但是，在他絕望的憤怒中，她變得模糊了。

受雇者 ————————————————————

　　法庭上，一個男人坐在證人席上，只見他身材高大，被歲月刻下道道皺紋的那張臉上，呈現出蒼白的顏色。「啊，先生，可怕，真的非常可怕！我一生中都沒有見過那麼可怕的情形。」他一邊用力地擰著寬邊帽簷，一邊斷斷續續地說道。

　　「怎麼個可怕法，警長？你再仔細說說。」檢察官問道。

　　「血，到處都是血，地上、床上，甚至連牆上都……太嚇人了。」

　　這時，只見坐在被告席上的那個男人打了個寒顫，他緩了一口氣後，將身子向前探了探，對著他的律師小聲說道：「血，是的……我想起來了。」

　　「什麼？你想起來了？是所有的一切嗎？」他的辯護律師轉過頭詢問。

　　被告席上的那個男人繼續說道：「不錯，他剛才提到了血，讓我對當時發生的一切都回憶起來了。」

　　「法官先生，很抱歉！我請求法庭能允許我的委託人暫時休息一下，因為，因為他現在身體不舒服。」被告的律師猛地站起

來說。

法官沉默了一會兒，然後將木槌落下。「既然是這樣，那麼好吧，暫時休庭十五分鐘。」

只有短短的十五分鐘！律師急忙把他的委託人帶到法庭旁的一間小屋，當關上門後，他急切地詢問：「你剛才說的是真的嗎？不是在騙人？這麼說你真是得了健忘症？」

「我說的都是實話，絕對沒有騙人！」

「太好了！那你就說吧，不過，可不要對我撒謊啊⋯⋯」

「怎麼會呢？我真的想起了所有的一切。唉，要是我真能把這些都忘了那該多好！」這個名叫克利夫・丹多伊的男人，開始慢慢地順著思緒，講述了他所回想起的事情。

克利夫・丹多伊第一次見到凱蒂，是在德克薩斯州中北部的一個地方，那是一個溫暖的日子。這裡的氣候很有意思，三月分的春天似乎很暖和，有時可能還會非常熱，但是，北方冷空氣也會隨時光顧，竟可以在一個小時之內就讓氣溫猛降三十幾度。

這一天，天氣晴好，克利夫・丹多伊避開了主要的公路，沿著一條石子路向前走著。他細高的身材，長著一對湛藍的眼睛，一頭金黃的頭髮，還不到三十歲的樣子。他的裝備也很簡單，揹著一個背包，右邊的肩膀上掛著一個帆布盒，裡面裝著

一把吉他，身上的卡其布襯衫沒有繫扣，敞開著。雖然他自認為是一個吟遊詩人，是一個到處漂泊，無拘無束的精靈，然而沿途遇到的許多人看他這身打扮，卻都以為他是農場打工的。

的確，他剛剛路過一個農舍時，也進去問過：「請問，你們這裡需要幫工嗎？」那家女主人婉言謝絕的同時，還慷慨地向他提供了一頓午餐：冷炸雞、冷餅乾和一塊桃子餡餅。他已經走了大半天，肚子也真有點兒餓了，但他打定主意再堅持走上一程，於是帶上女主人餽贈的食物又繼續上路了。當肚子咕咕叫得實在屬害的時候，他才在路邊的一棵樹下吃了起來。吃完飯後，他又習慣地拿出菸斗抽菸，隨著倦意越來越濃，他昏昏地睡了過去。

不知過了多長時間，當他醒來時，看到北方地平線有大片大片的雲層湧來，漸漸遮住了陽光的照射。

克利夫心裡不禁有些緊張，因為他清楚這種天氣變化意味著什麼 —— 寒冷的北風即將襲來。整個冬天他都是在大峽谷度過的，由於那裡很溫暖，所以不需要冬天的衣服。前幾天，他突然產生想外出旅行的念頭，於是就離開了大峽谷，向北走來。他沒有預料到會出現這樣的天氣，因此穿戴單薄，根本無法抵禦寒冷的北風。

克利夫趕快站了起來，收拾好行裝，他明白，到了夜晚這

裡的氣溫會更低，在夜幕降臨之前他必須要找到住處，否則就會被凍死。但他放眼望去，四周除了林木就是山丘，根本看不到一戶人家。

「不行，即便如此我也要走！」他又上了路。這時，天空的雲層變得越來越厚，陣陣北風颼過，身上冷颼颼的，但克利夫的腳步始終沒有停止。大約走了一個小時後，他拐過一個小山丘，遠遠地看到了一棟房子。「可算有落腳之處了！」克利夫的心情頓時興奮起來。

他離房子越來越近了，已經清楚地看到，這棟房子很陳舊，不僅外圍牆皮有不少地方都脫落了，而且大門和窗戶也露出了裡面的木質，外面的漆面斑駁：顯然好久沒有用油漆過了。在房子的前面有一條門廊，靠東邊還有一個貯水池，大約離房後五十碼的地方是一個新穀倉，穀倉前面停著一輛新的曳引機。他不禁又抬頭看看，在房子和穀倉之間拉著電線，至少說明這裡是通電的。他後來才知道，那棟房子是萊德伯特的，是一棟百年老屋。怪不得陳舊不堪！

他來到房子的前門剛想敲，但以往的經驗又讓他止住了手，他想：「我如果這個時候敲門的話，房子裡的人一定會認為是小販子來兜售了，他們一般是不會理睬的。」於是他改變主意，繞到了後門，看清楚這是一間廚房門，就上前敲了敲，沒有動靜，等了一會兒，他又敲了敲。

「吱」的一聲門開啟了，一個二十出頭的年輕女人站在那裡，只見她身材嬌小苗條，眼睛烏黑，一頭長長的金髮垂在身後，大概是廚房裡熱氣的緣故，使她的臉紅撲撲的，雖然她穿著一件寬大的衣服，但依然遮擋不住她全身的優美曲線。

「請問，你有什麼事？」她撩開額頭上一縷潮溼的頭髮，輕輕地問道。

「我，我想問一下，你們這裡需要幫工的人手嗎？」

「哦，原來是這樣。不過，這件事你得問我的丈夫托伊才行。」

就在克利夫思索著是否要找她的丈夫的時候，只聽到這個女人又補充道：「就在上個星期吧，我們才剛剛讓一個人離開這裡。」說完，只見她羞怯地笑了一下。在克利夫看來，她的笑原本應該是甜美的，但不知怎麼回事，她的笑卻顯得很勉強，似乎她很長時間都沒有笑過了。

「那麼，我到哪兒才能找到你的丈夫呢？是在田裡嗎？」

這時，她突然打了個冷顫，聲音有些顫抖地說：「嗯，他，他是在那裡，可具體在哪裡我說不準。」她的這一微小動作讓克利夫看在眼裡。

這時，太陽已經躲進了厚厚的雲層裡，陣陣冷風裹著寒意吹進了房子，正如克利夫所料，北方的寒冷空氣果然來了。

克利夫第一次看到的這個年輕女人就是凱蒂·萊德伯特。

「外面太冷了，你還是到廚房裡面來等著吧。」凱蒂隨即退回屋裡，克利夫也跟在她的身後來到廚房。他發現，這裡雖然拾掇得非常乾淨，但各種用具卻顯得原始落後。比如，屋角那臺舊冰箱，是唯一的電器，但是它工作起來就像個自動留聲機，機身微微晃動，嗡嗡作響；做飯的爐灶灶口很大，是燒木柴的。這時爐灶上正在燒水，弄得地板上有點溼，猜想剛才克利夫敲門時，她正在擦地板，所以她開門時臉紅撲撲的；還有，廚房裡沒有水龍頭，只有個壓力井，用水都要靠手動壓上來。

「我猜想你也許餓了，想吃點什麼？」凱蒂問道。

「啊，夫人，不瞞你說，我真的有點餓了。」雖然克利夫前不久剛吃過農舍女主人提供他的午餐，但他從來不拒絕食物，因為忍飢挨餓是他生活中經常的事。他望著餐桌上的胡桃餡餅和那杯冷牛奶，心裡想：「她做的胡桃餡餅一定很可口。」。

屋子裡除了舊冰箱的嗡嗡聲和灶爐裡木柴燃燒的劈啪聲外，再無別的聲響。克利夫一向習慣於沉默，而凱蒂也是個很少主動開口說話的人，所以他們倆就這樣默默地等待著，這種情形也並沒有讓他們感到有什麼不舒服。這時，克利夫又習慣地點著菸斗，邊抽菸邊想著心事，而凱蒂則重新繫上圍裙，繼續在灶臺上忙碌著。不經意間，克利夫聽到她輕輕地嘆了口

氣，就抬起頭來看，只見她正在凝視著窗外。這時，外面已是北風怒吼，把樹木吹得左搖右晃，把屋子吹得嗚嗚亂叫。「是他，托伊回來了。」凱蒂轉身對克利夫說道。

眼前的托伊・萊德伯特與克利夫先前所想像的完全不同。這個男人矮小而消瘦，個頭比他的妻子還矮一英寸。他的臉色蒼白，並不像常年在田間勞作的人那樣，被太陽晒得像熟透了的紅高粱。從外表看，他的年紀要比凱蒂大二十歲的樣子。

跨進房門的托伊・萊德伯特表情很溫和，他頭戴一頂棒球帽，正用一雙棕色的眼睛注視著面前的克利夫。

「托伊，我們一直在等你，丹多伊先生是打算來做幫工的。」當妻子說明了克利夫的來意後，托伊很溫和地對凱蒂說：「是的，我想我還會僱人的，凱蒂。」

「我知道，托伊，我還以為你……」說話間，她的雙手不禁顫抖了一下。「你以為什麼？」然後，他不等凱蒂回答，轉過頭對克利夫說：「你會使用斧頭嗎？我需要僱這樣一個人。」

「用過，我用過。」克利夫忙不迭地說道。

「這就好了。你也知道，每年一到這個季節，田地裡的活就沒多少了，可是我正在清理河邊三十畝地的樹木，為秋收作準備。既然你使用過斧頭，如果你願意砍樹的話，我可以僱你一直到秋收，也就是說從現在起一直到冬天，你在我這裡都有活

做，你看好嗎？」

「好的，我們就這樣定了吧。」

在得到克利夫肯定的回答後，矮小的托伊點了點頭。「在我這裡幹活吃住都不成問題，你可以住在過道那邊的一間空房子裡，至於吃飯，你以後就和我們一起吃好了。」說完，他又朝著凱蒂喊道：「喂，凱蒂，晚飯快做好了吧？」

「快好了。」正在灶臺上忙碌的凱蒂含混地說。克利夫發現，在凱蒂身上似乎總有一種恐懼，雖然剛才和他說話時還表現得不明顯，但自她丈夫進門的那一刻，她就被籠罩在緊張之中了，以至於從言語和行動中都能看出來。

「克利夫先生，你也會彈唱？」當她看到克利夫拎起背包和吉他盒時，輕輕地說。

「彈唱得不好，只不過是自娛自樂罷了。」克利夫微微一笑。凱蒂似乎想報以微笑，但他們對話時托伊就站在旁邊看著，所以她沒有微笑，也沒有再說話。

克利夫拎著自己的背包和吉他盒來到過道旁的那間空屋子裡，白天的勞頓讓他很快就進入了夢鄉。大約是半夜時分，他醒來了，外面的寒冷北風已經不吹了，這棟百年的古老房子顯得異常安靜，甚至靜得有些嚇人。

突然，隱約傳來一聲哭叫聲，開始時他還以為自己是在做

夢，然而當他翻轉身準備再次入睡時，又好像聽到了低低的抽泣聲。

第二天早上，克利夫和托伊一起吃早餐。凱蒂不愧是一個出色的廚師，她準備的早餐是一沓煎餅和幾片厚厚的燻肉。吃飯的時候，托伊始終低著頭，幾乎不說話，而凱蒂則是圍著桌子和爐灶之間轉來轉去，侍候著他們。雖然克利夫也想請她坐下來一起吃飯，但畢竟這是在托伊家裡，這樣做不行。當然，克利夫也知道這是一種習慣，而並非托伊的殘酷，凱蒂要在他們走後才能吃飯。不過，為了表達他對凱蒂辛勞的謝意，在離開飯桌時他說道：「這是我吃過的最可口的早餐，謝謝你，萊德伯特太太。」

聽了這話，凱蒂既沒有臉紅，也沒有不好意思地將頭扭過去，而是雙眼緊緊地盯著克利夫，看他是不是在開玩笑。當她發現克利夫是滿臉誠意在說這句話時，她的雙手不禁顫抖了一下，並將臉扭了過去。

此時托伊正在注視著他們，嘴唇上還掛著一絲微笑。克利夫為了免得凱蒂尷尬，也連忙轉過身，從口袋裡掏他的菸斗。

那天的天氣很好，可以說是晴空萬里、豔陽高照。克利夫拿著兩把鋒利的斧頭，跟隨托伊來到河邊一個 S 形的地方，他往旁邊看去，只見狹窄的河道裡翻滾著湍急的水花。「你今天的

任務就是清理這裡的橡樹和灌木叢。記住，一定要砍伐乾淨，不然秋收就麻煩了。」托伊簡捷地安排了工作。

此前克利夫儘管使用過斧頭，那也不過是劈劈木柴而已，如今要清理橡樹和灌木叢，卻不是簡單的事情，有時累得氣喘吁吁，也砍伐不淨幾棵樹。好在熟能生巧，他花費了好幾個小時，總算掌握了工作的節奏。他就這樣卯足了勁工作著，臨近中午時，炎熱和汗水已經讓他把身上的襯衣都脫掉了。

「該吃午飯了！」遠處傳來凱蒂的呼喊聲。凱蒂帶著熱飯一步步地向他走來，目光凝視著他那氣喘吁吁的胸口上的光滑皮膚而後又迅速移開。

「謝謝你，凱蒂。」克利夫直起腰，接過午飯。

「飯要稍微涼一下。」她笑了笑，然後就一溜小跑地離開了。看著遠去的凱蒂，克利夫聳聳肩，然後席地而坐開始吃午飯。

日復一日，隨著在托伊家幫工日子的增多，克利夫對他們夫婦之間的關係感到越來越不解。比如說，他們兩人白天幾乎很少說話，至少他沒有聽到過，猜想自己不在的時候，他們也不會多說什麼；再比如說，他們晚上在客廳裡閒坐時，通常是托伊在翻看農場雜誌或裝置價目表，而凱蒂則是在默默地縫補衣服。他們家沒有收音機，就更別說電視機了，總之無論待

多長時間，屋子裡都是靜悄悄的。克利夫出發時曾帶了一臺半導體收音機，他看到托伊家裡沒有任何聲響，於是就在第三天晚上把收音機帶進了客廳。他發現，當凱蒂聽到音樂聲時，立刻驚異地抬起頭，並露出了期待的微笑，然而，當她一看到沙發上的丈夫托伊時，臉上的微笑瞬間就又消失了，依舊低下頭來，默默地做著手裡的工作。克利夫曾固執地想：「我連同這個收音機在客廳裡待上一個小時，看看你托伊有什麼反應。」結果很令他失望，因為在足足一個小時裡，托伊竟然一言不發，也沒有將頭從雜誌上抬起來。顯然，他根本不喜歡收音機。

自從那個晚上之後，克利夫就再也沒有進過客廳，而是待在自己的房間裡自娛自樂，或者是聽聽音樂，或者是邊彈吉他，邊輕輕地唱歌。

克利夫還記得：在那個特別的晚上後的第二天早晨，他曾設法和凱蒂單獨相處了一會兒，對她說：「我昨天晚上看出了你的表情，那麼你白天想不想聽我的收音機呢？如果願意，我可以現在就放給你聽。」「不，不，謝謝你的好意，丹多伊先生，我沒有時間聽，因為我每天要做的事太多了。」不過凱蒂說這話時，克利夫已經分明從她臉上看到最初露出的渴望和迅速又消失的神情變化。

克利夫以前也曾給一些農場主打過工，看到他們家裡都有一臺收音機，用來收聽天氣預報和穀物價格。「托伊家為什麼

沒有呢？為什麼他對收音機那麼排斥呢？」這讓克利夫百思不得其解。可是後來他發現，托伊的曳引機上竟然也有一臺收音機，並用來收聽他所需要的消息，這更增加了克利夫的疑惑。論農業機械裝備，托伊家的毫不遜色，他的農場裡擁有最新的裝置，包括兩臺新的曳引機和耕種機、播種機、乾草打包機等等。可是不知為什麼，他們家裡不僅沒有任何新的家用電器，就連家具也非常破舊，凱蒂打掃環境時用的是掃帚、拖把和抹布，而一輛跑了十年之久的舊貨車，就是他們唯一的運輸工具了。

「或許是托伊出於宗教的原因而不喜歡家用電器？」克利夫也曾這樣暗暗地想過。不過剛過了幾天，就證明他的這種猜測是錯誤的，因為在克利夫來幫工的第一個星期天，托伊和妻子並沒有上教堂去做禮拜。吃完早飯後，凱蒂照例收拾屋子，而托伊則又去了田裡，與往日所不同的只是托伊說了一句話：「今天是星期天，丹多伊你不用工作了。」克利夫這時真想說：「太好啦，謝謝！」但他終於還是把這句到嘴邊的話又嚥了回去。

對於這樣的家庭氣氛他很不喜歡，因為讓人感到很壓抑。如果是在往常，這種環境只能讓他勉強做滿第一個星期，然後就會自動離去。但這次不同，他雖然不喜歡，卻還是選擇繼續留下來，儘管他對自己這麼做的原因明鏡似的，儘管他對自己這種做法感到很生氣，甚至非常憤怒，但他還是沒有離開的念頭。

「我真的愛上了凱蒂？這太荒唐了！我是不是發瘋了？」他不停地在內心問著自己。的確，這些天凱蒂沒有給過他任何鼓勵或者暗示，但不知為什麼，他總覺得她應該知道他的內心。

時間一晃就到了六月分，這時的大氣更加暖和了。每天晚上，克利夫都坐在門廊裡彈吉他和唱歌。隨著琴聲和歌聲的飄蕩，他希望凱蒂在默默傾聽，甚至還希望托伊出來阻止。相信凱蒂是聽到了，但托伊卻什麼也沒有說，這讓他感到既興奮又有些惋惜。

過了一星期後，克利夫依然每晚坐在門廊裡彈唱，這時凱蒂已經不再躲在屋裡，而是走出房門，坐在門廊裡，將雙手交叉放在膝蓋上仔細地傾聽了，直到門廊熄了燈。至於托伊，他還是遵循多年的老習慣，總是每天晚上六點鐘就睡覺，這時他早就上床了。

「為什麼托伊每天早早地上床，而留下我單獨和他年輕的妻子在一起呢？」克利夫感到困惑和不解，但他想靜靜觀察一下，所以什麼也沒有說。

最初的幾天晚上，凱蒂只是坐在那裡聽，一句話也不說。有一天晚上，克利夫彈奏過幾段樂曲後，停止了琴絃的撥動，只見他仰起頭，出神地凝視著天空那一輪皎潔的明月，四周靜靜的，偶爾有微風拂面。這時，凱蒂輕聲地說：「克利夫，我想聽悲傷的歌，請再為我彈奏一首吧。」「克利夫？」這是克利

夫第一次聽她這麼稱呼他，他的心情十分激動，轉過臉來看著她？「啊，凱蒂！妳剛才是在叫我嗎？」他剛要站起身來靠近一點，然而凱蒂卻雙手顫抖地離開了這裡，消失在那間黑洞洞的屋裡。

又是幾個星期過去了，已經到了夏天。克利夫在熾熱的陽光下揮動著斧頭，橡樹和灌木叢在他的奮力砍殺下紛紛倒下，就像被機槍射擊倒下的士兵一樣。在他身後清理出的土地上，托伊種的一大片苜蓿在陽光下天天見長，猜想這三十畝苜蓿很快就可以收割了。

這天晚上，克利夫又像往常一樣在門廊彈奏歌唱，然而凱蒂卻再也沒有出來傾聽，不僅如此，她不再叫他「克利夫」了，而總是客客氣氣地稱他為「丹多伊先生」。凱蒂的這種變化讓克利夫感到很鬱悶，可是他又無法訴說。

「我還是離開這裡吧，別，還是繼續留下來吧。」反覆的思想鬥爭，結果還是讓「留下來」占了上風，以至於連他都罵自己是個大傻瓜。

這一天的天氣很炎熱，他在河邊焚燒矮樹叢，全身都是汗水，灰燼落滿了手和臉。已經中午了，可凱蒂還沒有及時給他送飯來。望著清涼誘人的河水，再看看自己灰頭土臉的樣子，他真想衝到水裡去。其實，他每天晚上收工回去之前，都要在

河裡遊一會兒泳，一來可以洗去滿身的塵土；二來暢遊一番也能放鬆一下疲勞。

終於，他禁不住清涼河水的誘惑，迅速脫掉鞋襪，一頭扎進水中。「反正凱蒂還沒有送飯來，即便弄溼了褲子也沒有關係，一會兒上岸在太陽底下晒幾分鐘就乾了。」想到這裡，他在水中游得更加盡興了。過了一會兒，他浮上水面，聽到一陣清脆悅耳的笑聲，原來是凱蒂站在問邊。她的笑聲真甜美；這還是他第一次聽到。

「喂，你在水裡的樣子真有趣，看上去就像個嬉水的小孩子。」凱蒂興奮地揮動著手說。

「凱蒂，妳穿著衣服也下來和我一起嬉水吧！我保證，妳的衣服在回家前是會被太陽晒乾的。」克利夫不清楚他為什麼會說出那樣的話，但他覺得那就是他的真實想法，不吐不快，而且時機也把握得絕妙。

聽到克利夫的喊話，凱蒂將手中的飯盒毫不猶豫地放下，然後迅速脫掉鞋襪，同樣以優美的姿勢扎進水中，看得出凱特的水性非常好。他們兩人在水裡像孩子一樣嬉戲打鬧，尤其是凱蒂，她又笑又叫，使勁打水，一會兒潛入，一會兒浮出，好不盡興。克利夫相信，在那一刻，她將所有的一切都拋在了腦後。

　　遊了好一陣，他們才爬上了滑溜溜的河岸。凱蒂的溼衣服緊緊地包裹在身上，儘管顯得亂七八糟，但那高高隆起的胸部，修長的大腿，愈發顯露出那優美的曲線。她的長髮像海藻一樣堆在頭上，晶瑩的水珠順著面頰啪嗒啪嗒地落下。她看見克利夫的目光正盯著自己，不禁羞澀地低下了頭，雙手挽弄著溼漉漉的髮梢。

　　克利夫從未見過這麼可愛的女人。他再也按捺不住內心的衝動，一把拉住她的手，呼吸急促地說道：「我愛妳，凱蒂，凱蒂！妳應該知道我的心！」說著，就試圖用寬大的雙臂將她抱住。她順從地擁入他的懷中，全身軟軟的，閉上眼睛揚起嘴巴尋找著……克利夫已經聞到了這個年輕女人身上特有的氣息。

　　突然，她拚命掙脫開，大叫：「快放開我！不，不！我不想再看到可怕的死亡！」

　　「凱蒂，妳怎麼了？妳在說什麼？」他被她這一突然舉動驚呆了，盯著她不解地問。

　　她略微平靜一下，轉過臉來說：「在你來之前，有一個男人……他……這我知道，你不是說那個人被你丈夫解僱了嗎？」她繼續小聲說道：「不，我認為他是被托伊殺了！」

　　「什麼？殺了？」聽到這句話，克利夫愣了。他扭住她的下巴，把她的臉擰過來，只見她雙眼緊閉，呼吸急促。「告訴我，

妳說的是真的嗎？托伊為什麼要這麼做？」

「就是托伊發現我們在一起笑了。克利夫，我發誓沒有別的！」

「我相信妳，繼續說下去。」

「第二天吃早飯時，我發現喬爾不見了，就去問托伊，他告訴我說喬爾半夜離開了。」

「不見人未必就是被殺了，你怎麼知道他沒有了呢？」

「因為他裝東西的箱子還留在這裡。」

「也可能是妳丈夫嚇壞了他，他走得匆忙來不及拿箱子。可妳為什麼一口咬定是托伊殺了他呢？」

她渾身顫抖著。「因為……反正我說的不會錯！」

克利夫將手搭在凱蒂的肩上，緩緩地說：「聽我說，凱蒂，這只是一個女人的推理。」

「可憐的喬爾，他是一個流浪漢，沒有一個親人，即使死了也不會有人去懷念他。」凱蒂喃喃地說。

克利夫又輕輕地將凱蒂攬進懷中，說：「凱蒂，說實在的，可能是因為我對妳的感情，所以我不喜歡托伊‧萊德伯特，但即便如此，對他會殺人這一點我也不敢相信。」

凱蒂擺脫了克利夫的雙臂，憤憤地說：「他非常卑鄙殘忍！

你不了解他。」

「既然如此，那妳為什麼還要跟他結婚呢？」

克利夫不解地問道。

「唉，怎麼跟你說呢？」凱蒂沉浸在痛苦的回憶中。

原來，凱蒂也是一個身世可憐的女孩。她的父母死於四年前的一場車禍，那時她才十七歲，高中還沒有畢業，孤苦伶仃，無依無靠，只能把托伊這個富裕農場主的求婚當做一條出路。托伊給人的印象文雅、整潔、節儉，似乎是一個善良溫柔的男人，但凱蒂並不愛他，她愛的是小說和電影中才有的那種美好和浪漫的東西，然而困苦的境況不容她選擇，面對托伊的熱烈求婚，她只好允諾了。但是結婚四年來，她才看清，托伊的節儉其實是吝嗇，他外表的溫柔卻包裹著一顆冷酷殘忍的心。比方說，他們住的地方離鎮子七英哩，托伊每年兩次開車帶她去鎮裡，只允許她買幾件衣服，他把多餘的錢都花在購買農用裝置上。尤其讓凱蒂無法忍受的是，他最近又變得異常嫉妒，簡直到了不可理喻的程度。

克利夫暫時還無法完全相信這個故事的真實性，因為這種讓人容易陷入歧途的古老而可疑的故事太多了。

「假如托伊他真像妳說的那樣，有一點我就不明白了，妳為什麼不想辦法離開他呢？逃走總可以吧？」

「是的，我也曾想到過逃走，可是我沒有這個勇氣，因為他惡狠狠地說，無論我逃到哪裡他都會找到我，殺了我的。他是個說一不二的人。」

看來凱蒂真的被托伊給嚇壞了。

「凱蒂，妳別害怕。我想知道，妳真的愛我嗎？」

望著克利夫那火辣辣的目光，凱蒂一時不知道該怎麼回答。「我⋯⋯我⋯⋯」她抬起頭來盯著他，那眼神裡分明充滿了期待，不過她的視線突然又遊離了。「這是錯誤的，我不，求你不要再問了，克利夫！」

克利夫輕輕地握住她那顫抖的手。「聽我說，凱蒂，妳不愛他，卻跟他結婚，這是更嚴重的錯誤，況且這樣的日子有什麼意思呢？」稍稍停頓了一下，他又堅定地說道：「明天我就去找萊德伯特，當面向他說明我們的事，之後我就帶妳離開這裡。」

令克利夫想不到的是，她的雙手，甚至全身都劇烈地顫抖起來。「千萬不要，他會殺了你的，克利夫！」

望著如此驚恐的凱蒂，克利夫內心充滿了憐愛，也更堅定了他要保護這個女人的決心。他溫柔地說：「別緊張，凱蒂，我也是個流浪漢，以前沒有定居的理由，但是現在遇到了妳，我有了。」

聽到克利夫這樣說，凱蒂的心理防線徹底崩潰了，顯然這

正是她想聽到的話。她再次擁到他的懷中，但依然在不停地顫抖，克利夫知道她還是害怕著托伊。「好了，穿上鞋吧，我們該走了。」她默默地聽從了，然後他們手拉著手朝家裡走去。

當他們來到院子時，克利夫沒有聽到曳引機的馬達聲，因為那天托伊從早晨就開始將乾草打包，可能是還沒有回來吧。然而，當他們走進裡屋時，卻發現托伊正從廚房裡走出來。

一見到托伊，凱蒂頓時臉色蒼白，就像一隻嚇壞了的小鳥一樣。「別怕，凱蒂。」克利夫緊緊地握住她的手，安撫著。

「萊德伯特，我想告訴你：我和凱蒂相愛了。」

「嗯？」他的眼睛變得像大理石一樣光滑而清冷，克利夫知道凱蒂為什麼那樣害怕他了。「是嗎？就像你平時唱的那些情歌一樣？」托伊溫和地說。

「我們已經商量好了，就在今天下午，要一起離開。」

「哦，原來是這樣。」

克利夫讓凱蒂站在自己的身後，他面對托伊，隨時準備反擊他的進攻，如果一對一地格鬥，他相信自己能夠打敗對方。

「凱蒂，妳過來。」托伊沒有理睬克利夫。「凱蒂，我是妳的丈夫，妳是屬於我的，就像這農場包括屋裡的一切都屬於我的一樣。無論是誰試圖從我的手中搶走任何東西都辦不到，我一定會殺死他的。」托伊依然溫和地說。

克利夫瞧了凱蒂一眼，對她說：「別怕，他只是想嚇唬嚇唬我們。」然後，他又將目光轉向托伊，繼續說道：「萊德伯特，你無論怎樣威脅和恐嚇，都無法阻止我們，你最好還是放了凱蒂！」

　　「凱蒂，我們都結婚四年了，你該知道我從來都是說話是算數的。」托伊還是不看克利夫。

　　站在一旁的凱蒂眼中充滿恐懼，雙手顫動：她將一隻手伸到嘴邊，緊緊地咬著手指關節，看得出她是在竭力控制著自己。她盯著克利夫，嗚咽著說：「我很抱歉……克利夫，我，我不能！」說完，她雙手掩面，跌跌撞撞地向屋裡跑去。克利夫欲言又止，而托伊的臉上則沒有勝利的表情，依然保持著溫和與平靜，就像剛才在與鄰居談論著天氣。

　　「歌手，我不想再見到你了，希望我今天晚上回來之前你已經離開了。看在你幫工辛勞的分上，我多付給你一個月的薪水，你該為此而歌唱啊！」說完，他頭也不回地轉身離去。

　　克利夫瞧著他的背影，愣愣地站了一會兒。突然他想起凱蒂，立即跑進屋裡，凱蒂躲在臥室裡死活不肯出來。

　　「凱蒂，我是克利夫，妳出來吧！」無論他在門外怎樣央求、哄騙甚至威脅她，她都反覆說著同樣的話：「我不想見你，請你走開，走開！」不知過了多長時間，兩人始終這樣僵持著。

　　「也許她根本就不想和我一起離開。」克利夫默默地想著，他知道自己徹底失敗了。

　　這裡再也沒有留下去的必要了。他心情沉重地回到自己的屋裡，把東西裝進背包，獨自離開了。

　　他沿著路邊行走，隱約可以聽到河那邊曳引機的轟隆聲，他知道，那是托伊在將乾草打成包。

　　「事情為什麼會是這個樣子呢？」他邊走邊不停地思索著。大約走了一個小時後，他的腦子逐漸清醒起來，彷彿突然明白了什麼。「哎呀，凱蒂之所以不跟我走，一定是擔心我的安全，可這樣一來，她不就陷入危險之中了嗎？」他不停地拍打著自己的腦袋，懊悔自己沒有早看清這一點。「不行，我一定要回去，說什麼也要帶她走，就是抱也要把她抱走！」想到這裡，克利夫轉身快步向回走去。

　　就這樣一折一返，當他再次看到那棟房子時，時間已經過去了兩個小時。他一步步地接近房子，耳邊又傳來田裡曳引機的聲音。

　　他發成屋子的後門開著。「凱蒂，我是克利夫，快出來！」但凱蒂不在廚房。他又拐彎朝屋裡走去。「凱蒂，凱蒂！」依然沒有人回應。

　　最後，他在裡屋的臥室裡發現了她，眼前的景象讓他驚呆

了：凱蒂斜躺在床上，身體幾乎被獵槍子彈炸成了兩半，床上、地上沾滿了血……克利夫不敢再看了，他跟跟蹌蹌地衝到外面，胃裡像倒海翻江一樣，只想往外嘔。

「突……突突……」出裡曳引機的轟鳴聲彷彿在撕扯著他的神經。「一定是托伊殺了她！」他明白，托伊使了一手「借刀殺人」計，他今天晚上回來時，會假裝發現凱蒂死了，然後虛張聲勢地報警，將殺人罪歸於逃走的受雇者，也就是自己。

克利夫跌跌撞撞地朝著田裡的方向走去，不過他慢慢地就恢復了正常。「凱蒂明明不跟自己走了，可托伊為什麼還要殺害她呢？」

離曳引機越來越近了。他看見托伊駕駛著曳引機正拖著一輛乾草打包機準備掉頭。托伊顯然也看到了克利夫，於是就停了下來，但他沒有關閉曳引機的馬達，乾草打包機還在繼續轉動著。

「是你啊，歌手，你怎麼又回來了？」托伊平靜地說。

「萊德伯特，你為什麼要那樣做？她都不想離開你了，你為什麼還要殘忍地殺了她？」克利夫拚足力氣大聲地喊道。曳引機的馬達聲和打包機的轟鳴聲太大了，如果他的聲音小了實在聽不清。

托伊咧嘴一笑說：「不，她想要離開。當我回到屋裡時，看

到她收拾完東西正準備要走。」望著克利夫幾乎變青的臉色，他繼續輕描淡寫地說道：「她說了，她不想讓你受到傷害，所以直到確信你已經離開了，她才要自己走。」

聽了這話，克利夫全身的血似乎一下子湧到了腦門，他狂怒了，一個箭步上前伸手抓住了托伊的衣襟，把他從曳引機的駕駛座上狠狠地拽了下來……

「這麼說是你殺了他？」他的律師問。

「對，就是我殺了這個該死的混蛋！」克利夫說。

「可是他的屍體呢？警長四處都找遍了，一直都沒有發現屍體。我作為你的辯護律師，應該知道相關的情況。克利夫，你現在是因為殺害凱蒂而受審，如果不是你的話，就要告訴我們究竟發生了什麼事？因為警長猜測萊德伯特也是你殺的，並把他埋到了只有你自己才知道的地方。告訴我，在哪裡？」

「在乾草打包機裡，它還在田裡嗎？」

「不在了，因為第二天曳引機和乾草打包機就被開進了穀庫，不過，打包好的乾草仍在那裡。對了，那天晚上下雨了，結果乾草都被淋溼了。」

「下雨？那一定是雨水把血沖掉了。」克利夫說。

「血？」律師仔細地聽著。

克利夫面無表情地看著他的律師，說：「那天我把他從曳引

機上拽下來後，狠狠地打了他一拳，就把他打進了正在滾動的乾草打包機，儘管他拚命掙扎，但我沒有救他。這個傢伙喜歡他的機器勝過喜歡凱蒂。讓警長到最後兩捆乾草中去找吧，裡面一定有托伊・萊德伯特的屍骨。」

幻想之敵 ————————————————

　　這幢白色的大房子，是我六個月前買下的。我所看中的，是它的位置很隱蔽，坐落在一個林區的中間，不易與外界溝通。為什麼呢？後面我還要說到具體原因。

　　快看！房屋外面至少有十來個男人在閒晃，他們想幹什麼我很清楚，不過他們也別得意得太早，要知道，在他們得逞之前，我會用手中的獵槍教訓他們的，我說這話絕不是嚇唬人。

　　房屋周邊沒有鄰居，如果想要看到最近的鄰舍，就必須要費力地透過林子瞧，即使這樣，也看得不很清晰。我們以前住的公寓，老是有人敲門，什麼賣保險的啦，搞推銷的啦，認識的還是不認識的都有。在這裡就不同了，幾乎一整天都是靜悄悄的。另外，這裡也不像城裡那樣，無論去商場還是洗衣店等，你邁動雙腿就可以，而這個偏僻的地方，卻要開車才可以抵達超市、餐廳或洗衣店等任何地方。這麼說吧，在這裡，連電話有沒有都無所謂，這是一個人煙稀少，不與人接觸的地方。

　　我為什麼要買這座位置偏僻的房屋？又為什麼會手持獵槍，站在臥室窗邊緊盯著窗外？主要還是因為我的太太安娜。原本我以為這樣做就可以改變她的生活方式，然而事實證明，

對她毫無效果。

安娜是個漂亮的女人。如果你不了解她的真實面目，一定會認為她幾乎就是這個世界上最可愛的小女人，會認為她很了不起，能做大事情。當然，這並不只是我這個做丈夫的看法，其他很多人也都這樣認為。

有些漂亮女人身上的毛病，其實都是從小被慣壞的，安娜也是這樣。或許在我們的生活中，我沒有完全滿足她的需求，讓她感到空虛，對於這一點我倒沒有意識到，我只知道我不能容忍有些人在這方面的情不自禁，甚至無法控制，對此我是深惡痛絕的。安娜作為我的妻子，她也應該努力了解我的內心。

不過話又說回來，她在某一方面不能自制就如跟我不能自制一樣。總之，不管別人怎麼議論，我知道我自己該怎麼做就行了。安娜有著婀娜的身材和一雙柔和的灰色大眼睛，尤其是她走起路來，更是步態生姿。我相信，這對於任何一個男人來說，都具有吸引力。當然，這並不是她的錯。我很愛她，但坦白地說，從打一開始我就發現我們兩人的結合是錯誤的。

大約是我們婚後一個月不到的樣子，安娜的本性就表現出來了，當我的一些朋友來家做客時，我發現她竟然公開向他們賣弄風情，用那雙灰色的大眼睛迷離地凝視著他們，那長長的眼睫毛一閉一開，還有走路時有意地扭動著腰肢，雖然看似文

雅，但我認為那就是明確的引誘。

　　結果，我一些朋友的行為也開始變得怪異起來，他們大多數時候都避開我，除非安娜和我在一起時。我儘管不十分聰明，但還不至於麻木到看不出這之中蹊蹺的程度。為了這些事，我和安娜大吵了一架，我憤憤地責備她不檢點，而她也不甘示弱，竟用很難聽的話罵我，最後她還像「抱歉」似的對我發誓說：「聽著，我對你始終忠貞不二，沒有什麼好懷疑和嫉妒的。」

　　別說，安娜還有本事讓男人相信她的能力，哪怕只相信一點點。的確，有一段時間我也相信了她。

　　不過，後來的一件事又把我氣壞了。事情是這樣的：我的一個朋友馬丁克森經常藉故到我們住的公寓來，其實我也注意到，每次他來時，都會和安娜眉來眼去，相互傳情。後來，我聽馬丁克森太太說到他倆偷情的勾當時，他卻佯裝無事一樣，裝聾作啞，安娜也是這種表現。這下子我怒火中燒了，你想想，天底下哪有像馬丁克森這樣的傻瓜，居然還好意思把自己在外面偷情的醜事告訴他老婆！

　　因此，那天我走到馬丁克森面前，狠狠地搧了他一記耳光，當時他面色通紅，又驚又怒地望著我。

　　從那以後，我就下決心搬家。後來，我們以分期付款的方

式買下了這幢房子。當時安娜也贊成我的主張,她也說:「這樣很好,免得我總被那麼多討厭的男人纏著。」

自打住進這幢房子後,我們過了六個月的快樂生活,沒有任何干擾,我們都覺得一起生活在這裡真好。我也暗自慶幸搬家的決定是對的。

然而好景不長,我們這種快樂的生活並沒有維持多久。正像我曾經說過的那樣,對於安娜來說,有許多事情她是不能自制的,哪怕是面對陌生人。果然,僅僅半年之後,那種事情就又開始慢慢地發生了 —— 安娜喜歡勾引男人的老毛病又犯了。

儘管我想盡方法規勸她,甚至企圖告訴她,我都快要被她逼得發瘋了,然而她依然我行我素,絲毫不予理會,通常還會裝出一副純潔無邪的樣子。我拿她實在沒辦法,有時甚至痛苦地想:「如果她不僅僅是用那雙大眼睛,而是用一切,用一切去挑逗男人的話,或許我們之間的關係就會是另一番情形!」

眼看著她越來越肆無忌憚,萬般無奈的我只好拿起獵槍,我要用它來捍衛我的尊嚴。這不,我現在正手持獵槍,繼續從窗簾縫中向外窺視,儘管此時家中已經瀰漫著一股火藥味。

我看到剛才那個人是被我擊中了下半身。當我射出第一顆子彈時,受傷的他企圖偷偷地溜走,就在樹叢中艱難地爬行,緊接著我又扣動扳機,射出了第二顆子彈,這一槍似乎打中了

他的頸部或後腦勺，只見他頓時無力地伏在樹叢邊。我已經在窗口觀察一個小時了，他那穿著藍褲子的腿和扭曲的腳一直沒動彈，我想他肯定是死了。

這時安娜就坐在我身後的沙發上，當時她想開口說什麼，但她根本開不了口，因為我已經用毛巾塞住了她的嘴，還用繩子把她緊緊地捆著。其實我也不想這樣做，實在是不得已而為之。

這天早些時候我就告訴她，房屋外面有十多個男人在閒晃，當時她很害怕。其實我明白，她不過是藉著驚嚇而高興，因為這個女人是那種喜歡被嚇壞的人。至於她為什麼會有這種心理，我始終搞不懂，不過她就是那樣的人，因為自從結婚後我很快就發現了。

因為她的行為，我們經常發生激烈爭吵，而每次爭吵時，她都會信誓旦旦地說：「相信我！我對你忠心耿耿，不會讓你的任何朋友或其他男人碰過。」儘管我想相信她，可是這個女人挑逗一個或者許多個男人都很有一套。「挑逗」，我也只能忍耐到這限度，如果超過這個限度，我非得爆炸不可。我想，如果是你面對這樣的情況，也肯定會和我一樣。拿槍拚個你死我活的。

在我擊中屋外那個男人前，我還沒有捆綁她，當她看到我從窗口舉槍時，她曾對著那個男人大聲警告，猜想那個人在聽

見她的警告聲之前，以為我是在屋後，可是我沒有，而是在窗口正舉槍瞄著他，我給了他一個意外 —— 將他置於死地！為了防止安娜再通風報信，我才把她捆在沙發上，並用毛巾塞住了她的嘴。

第一個男人已經倒下了，但還有其他的男人會來，他們一定會克服困難想辦法鑽進來的。因此，我必須要仔細防範，不僅要留心觀察房屋前面，還要側耳傾聽背後的動靜，以免顧此失彼。事先我也做了不少準備工作，比如，在房門和窗戶上都擺放了臨時阻擋物，我還穿梭於每個房間，把家裡的罈罈罐罐，或者是能引起響動的東西都收集起來，將它們高高地堆在架子或是家具上，這樣，即便他們是從後面摸進來，相信我也可以聽見。總之，無論他們企圖從哪個方向進來，我都會對付的。

房屋裡很安靜，只有牆上的掛鐘發出的滴答、滴答聲。突然，我似乎聽到一種聲響，是一種輕輕的腳步聲！是從後門嗎？不！是從前面門廊傳來的。

「不好，有人進來了！」我的神經立刻緊張起來，迅速端起槍，撥開窗簾，只見一個人的背影，他顯然剛剛走過去站在門廊上，那個位置正是我可以打到他的地方。

那個人先是站立在門廊那裡，接著我從他彎腰，起身的動

作中，看見他從一個箱子裡取出一個長柄的東西，猜想是武器，當他向前門走進時，我必須要應對了，於是我迅速離開窗邊，直接來到門前，瞄準前門，「砰砰砰砰」一連開了四槍，其中兩槍的點位稍高，兩槍的點位稍低，房間裡頓時瀰漫著一股火藥味，嚇得安娜垂下頭不敢大聲喘氣。

外面沒有一點聲響。

我又悄悄地退回窗邊，向外窺視，只見門廊的平臺上垂落下一隻手臂，手掌是張開的，那隻手顯然僵硬如岩石，就像車道兩旁的橡木那樣，平臺卜注著一攤鮮血，幾乎快要凝固了。「又報銷一個！」找心裡暗暗高興。

沙發上的安娜默默地瞪著我。但我卻不以為然，朝她微笑著，並送去了一個飛吻。

一個小時過去了，又一個小時過去了，我的內心始終被復仇占據著。

依我剛才的舉動，或者說是瘋狂的舉動，我想外面的人一定是怕傷及了安娜（其實沒有任何人想傷害她），否則他們一定會把我的房子打得像蜂巢一般，無數子彈嗡嗡嗡地狂飛亂舞，顆顆都像蜜蜂一樣在尋找我。屋子裡靜悄悄的，那是一種令人震顫的冷漠的靜。立在屋角的冷氣機依然在嗡嗡地響著。還有那些細小的灰塵，它們大概不知道究竟發生了什麼事情，依然

隨著有角度的陽光，悄無聲息地旋轉著。房屋外，那些人仍然守候著，他們在等待良機。

天色漸晚。我知道，當夜幕完全垂落時，他們就會躲在那後面。

我剛想讓自己緊繃的神經舒緩一下，「嗒，嗒」，突然，又一個微弱的聲響傳了過來，是房子後面！他們或許不知道，我的耳朵對這種聲響特別敏感，哪怕是再細微的，都逃脫不過。我馬上進入臨戰狀態，迅速彎下身，哈著腰跑進了我和安娜的臥室。

臥室靠近窗戶的地方，擺著安娜的一個梳妝檯，它很高並帶有大鏡子，我費力地慢慢移開它，然後站到窗前向外瞅。

只見房屋旁邊有一個人，他此刻背對著我，正彎著腰在擺弄著什麼，剛才的聲響一定是他發出來的。「莫不是在安裝子彈？」我猜測著，不過我也沒空去看個究竟。瞄準目標，我迅速扣動扳機，出膛的子彈嗖地擊碎窗玻璃，只見一頂帽子騰空飛起，撲通一聲，那人臉部朝下，伏在地上不動彈了，順著他的身軀流出一攤鮮血，染紅了下面的草堆。「做得好，又打掉一個！」

我來不及興奮，趕緊堵好臥室的窗戶，又快速跑到前面的房間，因為，我擔心他們是採取調虎離山計，先把我引到後面

的房間，其他人則乘虛從前面的門和窗戶衝進來。

　　我看到，房子前面的草坪、樹木和彎曲的車道上都空無一人，靜悄悄的，只有一輛警車閃著，紅燈駛了過去，彷彿什麼事情都沒有發生過一樣。我的心稍微安定了一些。

　　這時，安娜還在沙發上，但她面無表情。我瞅了瞅她，又轉過頭來繼續盯著窗外。

　　已經擊倒三個人了，現在我必須抓緊時間裝子彈。不知怎麼回事，當我裝另一匣子彈時，內心感覺非常緊張，甚至連呼吸都變得困難起來，那情形就像當年我去越南戰場一樣，不騙你！我真是那種感覺！

　　「已經有三個人試圖闖進來，但都被我置於死地，這是報應！外面的那些人一定不會善罷甘休，他們很可能繼續施展計謀，或者是衝著我，直接衝進屋子裡。」我默默地想。

　　「他們究竟還有多少人呢？」我不得而知，這也是讓我最擔心的。「不管它，反正我今天是豁出去了！」

　　時間一分一秒地流逝，又是一個小時過去了，房子內外依然顯得平靜。坦率地說，這種平靜既讓我稍感安慰，又讓我有些惴惴不安，我不清楚這種平靜預示著什麼，或者說接下來還會有什麼事情發生。「怎麼？好像遠處傳來一陣馬達聲！」我心頭一緊，但接下來又是一片寂靜。「可能是什麼車輛從路上經

過，一定是的！」

我又扭頭看了看安娜，只見她眼睛微閉，面色蒼白。「看來是被我捆綁的時間太長了，再加之驚嚇。不過這又怪誰呢？如果不是她……唉！」我心裡生出了一股憐憫之情。「我和安娜之間要是能像剛開始那樣該有多好！只可惜那種美好的日子再也不會有了，是我們自己在走過生活的每一扇門後，都把它們緊緊地關上了！」我不禁搖頭嘆息著。

儘管如此，但還是有人，是外面的人……外面有人！而且一步步走近了！

我的注意力又高度集中起來，側耳仔細地傾聽。的確有人走動的腳步聲，時而停住，時而又重新響起，並且變得越來越快，不過，慢慢地這種聲音又越來越弱，最終完全消失了。我想搞清楚是否有人試圖闖入，於是輕輕撩開另一個窗子的窗簾，看到一個穿制服的人正在向樹叢移動。

「好傢伙，又來了！」我強按住心中的怒火，舉槍 —— 瞄準 —— 開火！只可惜太急了，那個人影跑動著閃進樹叢後邊，我沒有打中他。

不能讓他僥倖逃脫！我又接連開了三槍，但都沒有打中。不過我鳴槍示警，也足以讓他再次嘗試時，先想想後果。

又是一片寂靜，令人不安的寂靜！

遠遠地又傳來了馬達聲。我不知道這種聲響與我以及我的這座房子是否有關？

　　這或許是一場戰鬥短暫的間歇。我在集中目光向外窺視的同時，還要快速轉動腦筋，仔細地謀劃一下。「他們下一步還會怎樣做？如果是我在外面的話，該往哪裡躲呢？房屋的左邊顯然不合適，那裡儘管有密不透風的玫瑰樹叢，但是都很矮，不足以遮擋。還有什麼地方好呢？」我試圖換位思考，站在他們的角度來進行推論。

　　這時，我檢視了一下子彈，還有不少。因此，我又朝著房屋前的玫瑰樹叢連發五槍。我這樣做的目的很簡單，就是要讓外面的那些人知道，我此刻正嚴陣以待，隨時都能幹掉他們。槍聲過後，只聽到外面傳來一陣騷亂和嘈雜的喊叫聲。對此我絲毫也不畏懼，繼續往槍膛裡上子彈。

　　我又將身子往窗臺上靠了靠，只見外面的人正把車停在草坪前彎曲的車道上，那紅色的警燈迎著陽光，微弱地閃著，短波無線電裡傳來一種冷漠的機械聲音。不遠處，還有更多的人朝這裡跑來。

　　「警察！是警察！」我大聲地向安娜說。我從來沒有這樣高興過，一定是警察發現有不三不四的人騷擾我們。

　　一直微閉眼睛、垂著頭的安娜被我的喊聲驚醒了，她瞪大

雙眼。「警察？怎麼會呢？」驚恐和不相信的神情浮現在她的臉上。

看到有警察來了，我如釋重負，心情頓時輕鬆起來。我離開窗戶，推開前門，衝出去準備迎接他們。急切之中，我差點被臥在門廊上的一個什麼東西絆倒，定睛一看，原來是曾被我擊中的一個人的屍體。

還未等我抬起頭來，不知什麼東西打進我的胸膛，我頓時伏倒在地上，渾身的疼痛猶如五內俱焚般，就像一百隻猛獸的利齒在撕扯、啃咬我那樣。我掙扎著試圖站起來，但是不行，彷彿靈魂已經出竅……

沙發上的安娜眼睜睜地看著這一切。加文警官走進來，把她身上的繩索解開，他那飽經風霜的臉上，毫無憐憫地瞧著她：「大衛太太，你的丈夫已經死了。要知道：我們這樣做也是別無選擇！」

她緊咬下唇，輕輕撫摸著有些紅腫的手腕，也就是被繩索捆過的地方，點了點頭。

加文警官旁邊站著的是艾弗警探，這是一個高大英俊，蓄著八字鬍的便衣人員，只見他雙手抱在胸前：「大衛太太，你知道嗎？你的丈夫接連殺害了三個無辜的人！」他那黝黑的臉上沒有任何表情。

轉而，他的口氣又變得有些溫和了，幾乎是帶著尊敬的口吻說：「那三個人死得真可憐！一個是挨家兜售物品的業務員，一個是吸塵器業務員，還有一個是電力公司查電線的人員，要是後來那個郵差逃脫不及時的話，恐怕死亡的人數就是四個了，甚至還會更多！他為什麼要這麼做？難道他瘋了嗎？大衛太太？」

　　她默然不語。

天羅地網 ━━━━━━━━━━━━━

　　他衝著防盜門的柵欄展示了一下證件，門開了，他走了進去。

　　「請問您是吉米小姐嗎？我是丹尼爾警官。」

　　她點點頭，然後歪著腦袋，上下打量著來人。她那樣子看起來像鳥兒一般活潑可愛。

　　他站在房間裡，四下掃視著整個房間。只見屋子裡亂糟糟的──桌子的抽屜開啟了一半，地上還放著一隻開啟的皮箱，裡面裝了一些疊好的衣物。他抬起頭來，問吉米小姐：「似乎我來得正是時候，看樣子妳要出門？」

　　「噢，是的，我計劃今天下午離開。」

　　他皺了皺眉頭，吉米小姐也默不做聲。

　　他說：「我來拜訪妳是希望妳提供幫助，別擔心，不會耽誤妳很多時間，也許妳可以幫助我們，哦，對了，妳什麼時候離開？」

　　「我的火車九點零几開車。」

　　「這樣啊，看來我們有充足的時間，請妳配合我一下吧，這

件事不會花很長時間，最多半小時。」

她歪著頭，問道：「我不太明白，丹尼爾警官，你究竟要我幫你什麼？」

「這是一件很重要的事情，同時也和妳有關係，因此，妳幫助警方就等於是幫助妳自己。」他說，「我想妳一定還記得在兩個星期前，有兩個年輕女人騙走了妳的八千元吧。」

她非常驚奇，眼睛睜得大大的：「是呀，可是，這件事你怎麼知道？」

他笑了笑說：「雖然妳去警察局報案的時候我並不在場，事後也沒有讀到妳的筆錄，但這件事的來龍去脈我卻透過其他管道了解得一清二楚。事發當天，妳到銀行存了一大筆錢。當妳剛辦完手續，走出銀行大門，就有一位氣質優雅的女子向妳走過來。她首先請求妳原諒她的冒昧，接著，她說因為妳看上去是個善良的人，所以才向妳求助。因為她對那一帶不太熟悉，又遇上一件棘手的事，不知該如何處理。」

他接著說，「原來，那位女子在路上拾到一個裝滿現金的信封，不知如何是好，於是她在銀行門口找到了妳，將妳拉到一旁的角落裡，見四下無人，她開啟信封的一角，故意讓妳看到裡面的千元大票，然後她告訴妳說，裡面大約有一百二十張，也就是說，這個信封裡有整整十二萬元現金，簡直難以置信！」

吉米小姐放聲大笑起來：「警官，你說得沒錯，當時那麼多錢的確把我嚇壞了，此前恐怕我只見過面額為二十元以下的鈔票。」

　　他眨了眨眼睛說：「是的，那也正是這群騙子的狡猾之處，他們總是挑選那些看起來不那麼富有的人去行騙。」

　　他深深地吸口氣，繼續說：「總之，那個陌生女人會對妳說，她的生活很不幸，生了一個孩子還是弱智。就在妳們交談的時候，另一位女子走過來了，她自我介紹說自己供職於一家律師事務所，願意代妳們向律師事務所的律師諮詢一下。在她打了一通電話後，她告訴妳們：律師認為這一大筆錢多半是犯罪分子遺失的贓款。至於如何處理這筆錢，律師給出兩個方法：第一個方法是將這筆錢款上交警方。這樣一來，丟錢的犯罪分子必定不敢認領，但是連筆錢也就很可能被充公了；第二個方法是三個人乾脆將這筆錢分掉……唯一條件是，每個人都必須拿出證據，證明她此前已有的現金可以維持半年的生活費，不會急於動用這筆贓款。」

　　吉米小姐聽得呆住了，驚訝地說：「怎麼？連這些細節你都知道？」

　　他得意地笑了笑，繼續說下去：「那個女人還告訴妳，她可以請律師朋友幫忙，將千元大鈔換成小額鈔票，這樣一來，妳

在存款時，銀行就不會對妳產生懷疑。」

「於是，妳們三個人商定，平分這筆撿來的錢，妳從中可以分到整整四萬元錢。」他說，「這時，另外那兩個女人都分別出示了她們可以維持六個月生活費的證明 —— 撿到錢的那個女人出示了一張保險公司的支票，她可以將其兌現；而另一個女人也恰好有一筆錢，那是她父親給她留下的股票分紅。她們二人要求妳也出示可以維持六個月生活費的證明，於是，妳又走進銀行，取出八千元現金，也出示給她們看。她們還熱心地幫妳把錢裝在一個紙口袋裡，然後再把口袋交還給妳。」

聽到這裡，吉米小姐神情黯然地說道：「沒錯，一切如你所說。」

「隨後，在律師事務所工作的那個女人提議說，現在就去找她的律師同事幫忙，將千元大鈔換成小額鈔票，於是，妳們三個人一起向律師事務所所在的辦公大樓走去。在路上，那個在律師事務所工作的女人反覆叮囑，要大家對這件事保守祕密，不能聲張。而且，為了掩人耳目，不要三個人一起進去，以免引起懷疑。」

「第一個女人先走進電梯，然後，第二個女人也進了電梯，最後，妳也走進電梯。結果當妳來到她們所說的樓層之後，才發現這層樓根本就沒有什麼律師事務所，於是妳慌忙尋找那兩

個女人，而她們彷彿人間蒸發了一樣，不知去向。」

吉米小姐靜靜地聽著，她的面色蒼白，默然不語。

他繼續說：「當時，妳幾乎昏倒在地，急忙開啟裝有妳八千元錢的紙口袋，裡面哪還有錢的影子，只有一沓沓玩具鈔票！妳被騙了，兩個女人騙走了妳八千元錢，我說得沒錯吧？」

吉米小姐無力地笑了笑，神情變得極為委頓。

他慢慢搖著頭說：「我今天來找妳，正是為了此事，我的目的就是要幫妳將這夥騙子繩之以法。」

吉米小姐用雙手摀著臉，啜泣著說：「你把這件事的來龍去脈都說得很清楚，這讓我覺得更加悔恨！也是怪我自己太貪心了，居然被這樣低階的騙術給騙了……」說完，她又放下雙手，睜大眼睛，認真地說，「可是，當時她們和我說的時候，似乎一點破綻都沒有，我完全落入到她們的圈套裡了！」

他笑了笑，說道：「其實，她們玩的這套把戲就是為了獲取妳的信任，只要你妳相信了她們，妳的上當也就注定難免了。要知道，那幫騙子都是非常狡猾的，妳也不是第一個上當受騙的。」他輕輕地嘆了口氣，繼續說，「而且，只要這夥騙子仍然逍遙法外，就還會有更多的受害者，吉米小姐，除非妳能幫助我們將這夥騙子繩之以法。」

「我？這能做什麼呢？我已經盡力了，在報案時，我已經詳

細地描述過那兩個女人的長相。」

　　他微笑著說：「是的，但是妳還可以給我們更多的幫助。現在警方的調查已經有了一些進展，我們已經找到了那兩個女人，現在我們需要妳對她們的照片進行指認。」說完，他從一個紙口袋裡中取出兩張照片，拿給吉米小姐看。「是不是這兩個女子？」

　　她一見那兩張照片，突然變得異常激動，連連喊道：「對！是她們！就是她們！」

　　他示意她冷靜一下，但是她仍然禁不住氣得渾身發抖。。

　　「看到她們的照片，那天的事情就好像在我眼前重現了一般，我倒不是心疼那些錢，最令我憤恨的是，我居然被她們耍了！」她無所掩飾地盯著他，「我真的好笨！明明親眼看到紙口袋裡是滿滿的鈔票，但想不到竟然是玩具鈔票 —— 她們一定在得手之後嘲笑我是頭笨驢。唉，我覺得我自己真是笨得像一頭驢啊！」

　　「吉米小姐，那妳就別再猶豫了，還是與我們合作吧，這是妳報一箭之仇的最好機會，既可以幫助我們抓到她們，還能挽回你的經濟損失，而且更重要的是，妳能夠找回妳的尊嚴，怎麼樣？」

　　「怎麼幫忙？」她皺著眉問。

「吉米小姐，是這樣的，」他目光犀利地看著她，「妳還記得在妳存款的那天，為妳服務的那位出納員的長相嗎？」

她想了一下，然後點點頭說：「我記得那位出納員留著八字鬍，頭髮長長的，是金黃色的。」

「太好了，妳的線索很重要！因為我們懷疑那個出納員是那兩個女人的同夥。妳想想看，為什麼那兩個女人找上了妳？她們怎麼知道妳剛剛存了一筆錢？一定是銀行裡的出納員通風報信給她們，他們裡應外合，這才將妳騙了。所以，妳可以幫助我們抓住他。」

「那我怎麼幫你呢？」

他笑了笑，說：「小姐，我理解妳想要抓住那夥騙子的急迫心情，妳放心，我們和妳的想法一樣。我們的計畫是這樣的：過一會，妳再到那家銀行去，找到那位出納員，請他提出妳的大部分餘款，記住，一定要現金！那麼大的金額，他必定會仔細地數好幾遍，這樣一來他的指紋就會留在鈔票上。妳一定要戴上手套，這樣妳在接到錢的時候，就不會破壞他的指紋了。」

「到時候，我將在銀行外面等候，等妳取完錢之後，妳將錢交給我，我會把錢帶回警察局請專家提取他的指紋。不過請妳放心，我會給妳同樣金額的一筆警察局的公款，用來交換妳取出來的錢。同時，我還會派另一位警探盯住出納，以防他逃

跑。那些剛取出來的錢將成為指控那個出納的證據。然後，在我們速捕他們之後，如果運氣好的話，我們會把妳先前被騙走的八千元錢給追回來。也許妳那八千元錢已經被他們花掉了，因為很多騙子對騙到手的錢會瘋狂揮霍，不過，我們也許還能追繳回來一部分。」他說。

「嗯，好說，我聽你的。」

他急忙站起身。「那麼，我們出發去銀行吧！早點出發，早點結束。我開車送妳到銀行，妳去取錢，然後我們的另一位警察將送妳回這裡，妳可以繼續收拾行李，肯定不會耽誤妳趕九點零九分的火車。」

「哦，等一下！」她指著自己的衣服說，「我還得換件衣服，順便找找存摺。」

「好的，不過我們要抓緊時間。」

她離開房間時說：「哎，光顧聊天了，我都忘記招待你了，我父母從小就教導我待人要有禮貌，請你先坐下來，喝一杯咖啡，我去簡單收拾一下，然後就跟你去銀行。」

他不想拂了吉米小姐的美意，而失去她答應合作的機會，於是就又坐了下來。過了一會兒，她端來一杯咖啡。他喝了一口，並衝著離開房間的女主人做了個鬼臉。

時間一分一秒地過去了，等了好長時間，吉米小姐也沒有

從臥室出來，他有些著急了，抬腕看了一下錶，錶走得好慢。

「她怎麼收拾這麼久？怕不是有什麼事吧？」這時，他感到上下眼皮開始打架，一股強烈的睡意襲來，他努力想把頭抬起來，可是頭越來越沉重，最後慢慢地垂了下去……他的心怦怦直跳，甚至自己都能清楚地聽到心跳聲，可偏偏感到兩腿無力，除了沉重的眼睛還能轉動外，他全身都沒法移動分毫。

「她的咖啡裡究竟放了什麼？」當他再次勉強睜開眼睛時，看到吉米小姐正站在他面前，緊盯著他的眼睛。

「警官，你一定感到很詭異，對嗎？那麼我來給你解釋一下究竟發生了什麼吧。你是那兩個女騙子的同夥，她們先騙了一個笨蛋，騙走她一大筆錢，然後過幾天你再度上門，假裝成警察，打算再騙一筆。」

吉米小姐繼續說，「你對那個曾經受騙上當的人說，你手裡已經掌握了兩個女騙子的線索，但她們應該還有一個同夥，就是銀行的出納員。為了引蛇出洞，你需要受害人協助你。當然，根本沒有什麼出納同夥，你的目的只是想誘使她再取一次錢，並以玩具鈔票掉包，我說得對嗎？」

「從你一進門，我就知道你是個冒牌貨。其實，你要找的人是我妹妹，可你並不知道，我妹妹並沒有報案。所以，從一開始我就知道了你的真實身分！」

　　吉米小姐接著說心理話：「我覺得我很對不起我的妹妹，因為幾年前，我也被同樣的手段騙過，可當時我很羞愧，沒有將此事告訴我妹妹，結果她後來竟然也上了類似的當。我常常想，如果我當時告訴她，也許她就不會死。她被騙以後，沒有將此事告訴任何人，更沒有去報案，可這件事在她的心中始終揮之不去，直到她彌留之際，我才得知她一病不起的原因。最後，她憂鬱而終。現在，沒想到你卻自己送上門來，那就對不起了！」說到這裡，吉米小姐走進廚房，拿出一條晾衣服的繩子來。

　　「我想，真正的警察將給你們這夥騙子幾項罪名。你帶來的照片可以幫助警察找到那兩個女人，而你自己呢？想必也有前科吧，或者是個通緝犯！」

　　他緊張地眨巴著雙眼，那正流露出他的弱點，等於預設，她滿意地點點頭。

　　「對了，你還有一條額外的罪名 —— 冒充警察。僅憑這一條，就能讓你在牢裡關一陣子了，真是罪有應得！」

　　她拿著晾衣繩，說：「等一下我要去打電話報警，在警察到來之前，為了防止你逃跑，我只能委屈你一下子……」說完，還在他面前用力拉拉晾衣繩，讓他看看繩子結不結實。

空包彈 ───────────────

一天下午，吉恩來到演員俱樂部的酒吧。他跨過酒吧大門，目不斜視，直接走到吧檯前，和酒吧老闆艾迪打了個招呼，要了一杯酒。

酒吧裡的客人並不多，不過吉恩的到來，還是吸引了一些客人的目光；比如，在酒吧一角正在下陸戰棋的人就向吉恩這邊張望了半天，要知道，在演員俱樂部裡下陸戰棋的人總是全神貫注，很少有中途停下的。還有一個正在酒吧另一邊的撞球桌打撞球的人，也抬頭看了看吉恩，當他再度低頭擊球的時候，卻打偏了，而他的對手

也是因為分神去看吉恩，結果也將球擊空了。令人奇怪的是，這兩個人都很平靜地面對這一結果，沒有一個人開口抱怨，這事真是匪夷所思。

艾迪給吉恩倒了一杯酒，吉恩坐在吧檯上靜靜地喝著，酒吧裡也恢復了正常。

至於別人對吉恩有什麼想法，我並不知道但是我個人對他的做法卻非常欣賞。因為，要想做到那件事，需要有極大的勇

氣，恐怕除了吉恩還沒有人能夠做到。

　　想到這裡，我便將手中的報紙放下，朝坐在吧檯的吉恩走去。

　　我想我的舉動也許顯得有些滑稽，因為在我剛剛放下的報紙上，其頭版頭條的新聞恰好與吉恩有關 —— 前一天晚上，吉恩殺死了一位有名女人，或者說吉恩涉嫌一位名女人之死。

　　死者的名字叫貝蒂，她的丈夫貝爾先生是一位百老匯流行戲的製作人。吉恩曾經在貝爾先生監製的一部戲 ——《下一個更好》中出演男主角。當吉恩剛剛出任這部戲的男主角時，他還是一個年輕英俊、前程似錦的青年演員，可謂星途坦蕩、春風得意。不過，也有一些人在背後議論說，吉恩之所以能得到那個角色，是因為貝爾先生的妻子喜歡吉恩，所以才在丈夫耳邊吹了枕邊風……至於這些說法的真實性有多少，我不知道，但我只知道吉恩的確非常適合那個角色，因為恰巧我就是那部戲的編劇。

　　我知道吉恩是個有家室的人。早在他還尚未成名時，他就整日守候在劇院門口，等待一些跑龍套的機會，在那一時期，他就有女朋友了。當然，他現在早已經結婚了，而且還有了兩個可愛的孩子，他的家就住在郊外。另外，據我所知在過去的半年裡，吉恩和貝爾太太經常一起出入於公共場所。

對於吉恩，我就了解以上這麼多。因為城裡的每位專欄作家，都對他的這些八卦新聞不止報導過一次。

　　正在想著，我已經來到吧檯前面，走到吉恩的身邊。酒吧老闆抬頭看著我，我就指著吉恩的酒杯，說：「也來一杯同樣的。」

　　艾迪抬頭看了我一眼，詭異地問：「雙料威士忌？」因為他知道我一貫都喝淡酒的。

　　吉恩卻瞧都不瞧我一下。

　　「來一杯雙料威士忌，你這愛爾蘭傻瓜，別廢話！」我半開玩笑地說。

　　艾迪笑了笑，並沒有生氣。因為，他經常和客人們開玩笑，假如我們偶爾不和他開玩笑的話，他反倒覺得不自在。

　　看到吉恩這個樣子，我不禁又想起昨天發生的事來——今天的報紙對昨天發生的事作了很詳盡的報導。因為昨天在那個餐廳就餐的人幾乎全是百老匯的人，他們都認識他們三個人，所以警方要找到目擊證人很容易。

　　貝爾太太年輕時是個很美麗的女人，儘管現在已經四十八歲了，卻仍然性感迷人、風韻猶存。昨天，吉恩和貝爾太太到「漫廳餐廳」裡喝酒聊天，就在他們正聊到興頭上時，貝爾先生走了進來。

據餐廳的其他目擊者事後的證言：當時貝爾先生向吉恩和貝爾太太坐的桌子走來時，他們正在聊天，貝爾先生彎下腰，衝著太太的耳朵低聲說了些什麼，然後吉恩站起來，也低聲說了些什麼。接下來，貝爾先生從口袋裡拿出一張紙，摔在桌子上，吉恩和貝爾先生又相互說了幾句話，這時貝爾先生的臉上露出極度憤怒的表情，然後，他就向吉恩衝了過去，這時，吉恩從口袋裡掏出手槍。

事後據警方調查，貝爾先生當時扔在桌子上的那張紙是一張便條，落款是貝爾太太。便條上寫著：今天最後一幕戲結束後，立刻到「漫廳」來，快來！那張便條是貝爾先生在家中發現的，據說當時在這張便條旁邊，還有一封用打字機打的信，上面寫著「貝爾親啟」。

而當時，吉恩結束了最後一幕戲的演出之後，向觀眾謝過兩次幕，便匆匆地回到後臺的化妝室裡。吉恩簡單地用溼毛巾擦掉臉部的化妝，連戲服都來不及換，就穿著格子粗呢外套和法蘭絨長褲，按照貝爾太太便條上的內容，趕到了「漫廳餐廳」—— 也就是他們平時經常會面的地方。

正因為如此，在吉恩的外衣口袋才會裝著一把手槍，手槍裡是空包彈，那是在《下一個更好》最後一幕戲中用的。按照劇情安排，吉恩掏出這把槍向一個敞開的窗戶開一槍，嚇走窗外隱藏的一個小偷。這個情節，許多觀眾都知道。

「當貝爾走到我和他太太面前，開始咒罵我的時候，據事後《每日新聞》引用吉恩的供詞，我腦袋裡只想著趕緊要他閉嘴。因為貝爾太太和我只是普通朋友，但有好事者寄了一封匿名信給貝爾先生，稱我和貝爾人人之間有不正當的關係，甚至還在信裡附了一張便條，上面寫著貝爾太太今天和我會面的時間和地點。也正是這封信和這張便條引爆了貝爾先生的怒火，他來到「漫廳餐廳」找我和貝爾太太，瘋狂地衝著我吼叫，於是，慘劇隨後就發生了。」

當貝爾先生怒氣沖沖地來到「漫廳餐廳」時，他和吉恩之間發生了激烈的爭吵。顯然，貝爾先生變得歇斯底里，在許多食客的眾目睽睽之下，衝向吉恩並與之扭打起來。就在這時，吉恩想到口袋裡有一把手槍，就掏了出來。當然，那手槍並不能殺人，因為裡面裝的是空包彈。

現場的目擊者異口同聲說，兩人扭打了一會兒吉恩拿著手槍對準了貝爾先生，而貝爾先生則緊緊抓住吉恩拿槍的手。就在兩人僵持不下時，餐廳的服務生急忙跑了過去，試圖勸開他們。兩個男人又相互說了幾句什麼，突然，貝爾先生的情緒再度失控，開始拚命爭奪手槍。

兩個人相互抓住對方，在餐廳的過道裡廝打起來，桌子上的咖啡濺了貝爾太太一身，她尖叫著跳了起來。兩個男人開始爭奪手槍，他們都抓住了手槍，就在這時，手槍突然走火，隨

著砰砰兩聲槍響，貝爾太太的身體在一片混亂中倒在桌子上，隨後又滑到了地板上。餐廳裡所有的人都嚇呆了，餐廳裡死一般寂靜，人們都不敢相信眼前發生的這一切。

當人們聚攏上去扶起貝爾太太時，她已經奄奄一息了。

那把手槍裡裝的並不是空包彈，而是真正的子彈！

吉恩和貝爾先生在廝打過程中，手槍走火，射出兩顆子彈，一顆從貝爾太太的嘴角打入，進入腦部；而另一顆子彈則穿過她的左乳房，射進了她心臟的附近。在救護車趕到之前，貝爾太太就斷了氣。

這就是今天的報紙對昨天命案的描述。

吉恩喝完一杯酒，對酒吧老闆艾迪說：「再來一杯。」艾迪急忙又給他倒了一杯。這時，吉恩才抬起頭，看到我站在他的旁邊。

「嗨！」我對他打了個招呼。

他也友好地舉起了杯，算是對我的回應。只見他的眼圈黑黑的，一副極度疲倦的樣子。

我一口氣喝完杯裡的酒，然後將酒杯推到艾迪面前，示意他再來一杯。我轉過頭來對吉恩說：「昨天那件事並不是你的錯，那只是一個意外，沒有人責怪你，每個人都了解你的感受。」

的確沒有人責怪他。

昨天貝爾太太中彈身亡之後，警察將吉恩和貝爾先生帶到警察局，經過一個通宵的審訊，第二天一早，兩個人都被無罪釋放了。

　　今天的報紙報導說：「透過對死者屍體的檢驗，以及十六分局和重案組的調查：一致認為吉恩和貝爾先生都不是故意殺人。貝爾太太的死亡純屬一次意外，是一次荒謬的巧合。」

　　於是，貝爾太太被殺一案到此終結。

　　不過，至於吉恩用來表演的那把道具手槍為何會射出真子彈，而不是空包彈，這仍然是個謎。

　　警察對此也進行了縝密的調查。吉恩使用的那把道具槍平時是放在道具管理員那裡保管，每次上臺前，道具管理員親手在槍裡裝上子彈，再交給吉恩使用。最近，道具管理員新買了一批空包彈，共六大包，每包五十顆，可恰恰就是其中有一包被人偷偷地換上了一盒真子彈。後來，警察在對道具倉庫調查的時候找到了那些真子彈。另外，事發當天下午，當吉恩在表演時射出的一顆子彈，也是一顆真子彈，警察透過檢查劇院的後磚牆證實了這一點。

　　只是當時沒有人注意到吉恩射出的是真正的子彈，也沒有人注意到背景幕上的小洞，甚至連道具管理員在接受訊問時也說，他在裝填空包彈時，也沒有發現那居然是真子彈。

種種跡象證明，貝爾太太的死純屬一場意外。

趁著艾迪走開的當口，我湊近吉恩的耳朵，輕輕地說：「吉恩，什麼事使你覺得非殺她不可？」

他沒有說話，但他的鼻子皺了一下。這使我更加確信，我的判斷完全正確。其實這也沒什麼，因為我正在一步步推理事實的真相，換了別人，一樣能做到。

過了幾秒鐘，吉恩回答說：「你究竟是喝多了，還是你根本就是個傻瓜？」

「呵呵，兩者都不是。放心吧，你不會有事的，你想不想聽聽原因？」

他沒有做聲，只是兩眼直愣愣地盯著吧檯後面。

「其實，在你的解釋中，有一個很大的破綻，但警方卻一直沒有發現，因為他們不像你那樣了解貝爾太太。問題正是出在她寫的那張便條上。你還記得吧，貝爾先生是昨天從郵差手中接到那封信的，昨天也就是命案發生的當天。所以，顯而易見，信是前一天寄的。但是信裡卻寫著：約你『今天』見面，那正是貝爾接到信的那一天。我敢打賭，隨條子一同寄來的那封匿名信中，也強調了你們將在那個時間在餐廳見面。這張便條的確是貝爾太太親筆所寫，可是，寫便條的時間卻不是昨天，也不是前天，而一定是好久以前寫的。我敢斷定，這張便條被

人刻意保留下來，準備在特定的時候派上用場。」我對吉恩說，「那麼，究竟是被誰留下來的呢？那只能是曾經和她相約見過面的人，而最近和她來往密切的，只有一個人 —— 那就是你！」

「我看你是瘋了！」吉恩大叫道。

「不，這只是我縝密的推理。如果單單從表面看，一定會覺得這件事不合常理，為什麼會有人寄那種內容的便條給她的丈夫？為什麼同時還要再郵寄一封充滿挑唆意味的匿名信？可只要看看究竟發生了什麼結果，我們就不難理解了。結果是：貝爾太太死了，她被殺了。人們不會懷疑到你的頭上，因為人人都知道你們之間關係密切，經常有人看見你和她在一起，而這恰好給你披上了一件最好的偽裝，這就是你為什麼敢在餐廳、在眾目睽睽之下謀殺了她！」

吉恩被我一系列的話語噎得啞口無言，他只能低頭聆聽。

「雖然我的推測聽起來非常瘋狂，」我說，「但是一切都合情合理 —— 道具管理員最初填裝的全部是空包彈，然而有人卻將空包彈卸下，換成真子彈，誰能有這樣的機會呢？又是誰有機會進入後臺的道具倉庫，在空包彈中摻一包真子彈，以便事後故意讓警察發現呢？誰能肯定在舞臺上開槍射擊時，只射到幕布而不會傷到任何人呢？這一切的問號，都指向一個人 —— 開槍的人，也就是你！」。

「你怎麼……知道得這麼多，這麼清楚？」吉恩不解地問。

「究竟誰有殺她的動機？這一點我知道，你也知道，但是警察永遠也不會知道。貝爾太太是一個貪得無厭的女人，她並不是真心對待男人，而是在利用男人，就像吸紙菸一樣，她的貪婪沒有止境。這使我想到原先的問題，她對你提出了什麼需求，而你卻不答應，是婚姻吧？」

吉恩以難以覺察的動作點了點頭。

「這也是我的推測。你是一個熱愛事業的演員，為了成就事業，你不得不順從貝爾太太的意思，因為貝爾先生是你的老闆。但同時，你也深愛自己的太太和家庭，這是你生命中最具意義的。當貝爾太太提出要你拋棄家庭的時候，你不願這樣做，卻又不敢違抗，於是你想出一個瞞天過海的方法來除掉她。你選擇了『漫廳餐廳』這樣一個公共場所作為謀殺現場，首先透過郵寄匿名信和便條的方式，誘使她的丈夫前來向你興師問罪，然後你再火上澆油，與貝爾先生廝打，隨後，你又掏出那把道具手槍，誘使他過來搶槍，因為你年輕力壯，貝爾先生在與你爭搶的過程中，你始終占據主動權，當槍對準適當的方向時，你就扣動扳機，將目標當場射殺。這件事除了認為是意外事件，難道還有其他的結論嗎？」

「為什麼你會作出這樣的推測，你從哪裡得到的暗示？」吉

恩問道。

　　「也許你並不知道，早在二十年前我就認識貝爾太太了。那時我年輕，英俊瀟灑，寫劇本很有前途，而且擁有一個美滿的家庭，總之，情況和你垷在差不多，可她最後害得我婚姻破裂。她能活到今天，也算她走運，她是個玩弄男人的老手。吉恩，你放心吧，這件事已經塵埃落定了，沒有人會告發你，我們再來一杯如何？」

三角遊戲 ────────────

這裡是城裡最繁華的地方，在短短的兩條街道上，坐落著三家重要的金融機構。

在第一國家銀行的西邊，也就是向州立街的方向，坐落著「哈里遜儲蓄公司」。如果繼續向西，就是「摩爾」── 一個很大的購物中心。在摩爾購物中心裡有七十一家店面，其中包括「大眾信託公司」的北區分行。

星期四那天下了一整天的雨，塞爾在這個區域花了僅僅十五分鐘就搶劫了那三家金融機構，搶到了四萬三千多元，要不是梅麗和吉恩的話，塞爾此時恐怕早就逍遙法外了。

這件事我們還得從頭說起。

事先，塞爾設計了一個非常巧妙的搶劫計畫，就連到「莫寧塞」百貨店查看吉恩，也是他計畫中的一部分。吉恩是「莫寧塞」百貨店化妝櫃檯的銷售小姐。

十一點四十分，塞爾來到「莫寧塞」百貨店，他直接走到化妝品櫃檯前面，似乎給人的感覺是要給女友或母親買口紅或粉底當生日禮物，當時他的表情有幾分尷尬，同時還有幾分急切。

其實，塞爾的尷尬完全是故意裝出來的，唯獨那份急切是真的，是吉恩——那個站在櫃檯後面，身材凸凹有致，每一個部分都散發著誘人氣息的女孩引起的。

吉恩有一頭美麗、捲曲的金髮，雖然她外表看起來很天真，可她藍色的眼睛裡卻透出一種貪婪的神情。吉恩這個女孩可不是個省油的燈，她根本不滿足於站櫃檯賺取的微薄薪水，她想不擇手段地賺大錢。因此，當前段時間塞爾向她介紹了搶劫銀行的計畫後，她就一口答應了，並把化妝品櫃檯作為他們接頭和交換消息的地點。現在，吉恩成為塞爾的情人，一方面是因為塞爾比較瀟灑帥氣，另一方面也因為塞爾許諾計畫成功之後，將給她一大筆錢。

塞爾來到櫃檯前時，這裡正巧沒有其他的顧客，這下他們就可以自由地交談了。偶爾，吉恩會從櫃檯裡的香水樣品中拿出一個小玻璃瓶，或在塞爾的鼻下搖晃幾下，或是展示給他置，這樣做主要是為了讓其他人覺得，她只是在幫助顧客選擇一款合適的香水送給女友或母親。而他們對話的內容，卻全是和搶劫計畫有關。

「已經好幾天過去了，你打算什麼時候動手？」吉恩有些不耐煩地問。

「就今天，寶貝。」塞爾連忙說，「就趁今天下大雨，在午飯

的時間實現我們的計畫。」

「好！」她說，「你早該動手了，我已經等不下去了。」

「我又何嘗不是呢？」塞爾將防水夾克的帽子往後一推，把拉鍊往下拉了幾寸 —— 他穿著一件很大的夾克，下襬差不多都到他的膝蓋了。

「你真的要偷一輛車？」

「不，不需要偷，我想借用梅麗的車。」

「她的車？」

「當然，」塞爾看著吉恩驚訝的神色，半開玩笑地嘲諷地問，「難道不可以嗎？」

「這可不是鬧著玩的，她知不知道你要做什麼？」

塞爾點點頭，同時把香水瓶放到了櫃檯上。

吉恩皺了皺眉頭：「你可要考慮好了，那樣是有風險的！」

「一點風險都沒有，嘿，吉恩，我對妳絲毫沒有隱瞞。梅麗那傢伙是個十足的白痴，我敢說，她白痴到連下雨都不曉得撐傘。不過，她愛我，愛我，妳明白嗎？」塞爾得意地說。

「兩個月前我和她在酒吧認識時，她對我幾乎一無所知，而短短兩個月之後，她已經死心塌地愛上了我，甚至願意為我做一切。她只想著和我結婚，她以為我也是這樣想的，哈哈！」塞

爾得意地大笑道，「怎麼樣？吉恩，其實我連真實的姓名和身分都沒有告訴她，而她卻以為我會和她結婚，你知道這是什麼原因嗎？因為她很寂寞，哪怕是鸚鵡向她問聲好，她也會愛上牠的！」

他倆放聲大笑起來。然後，吉恩正色對塞爾說：「不管她是不是白痴，如果她發現你從她身邊溜走了，她還是會告發你的。」

「放心吧，在星期日晚上之前她是不會吐露半個字的，因為我騙她說，星期日我們要一起去費城登記結婚，但事實上，當她發現受騙上當時，妳和我已經在賭城逍遙自在了，寶貝！」

「塞爾！」吉恩忍不住笑了起來，「你對她可太無情了！」

「讓她滾一邊去吧！我在認識妳之前，她還湊合，現在有了妳，她就什麼都不是了，她只是個呆頭呆腦、善妒，又有一部汽車方便我逃走的女人而已。」

「她怎麼評價我？」吉恩問，「或許她根本就不知道我？」

「我有那麼笨嗎？她那麼善妒，我怎麼會向她提起你？她根本就不知道有你這個人！」

吉恩滿意地點點頭。她問塞爾：「還有一件事，你既然能輕而易舉地將梅麗甩掉，我怎麼敢保證你不會有一天把我也甩掉？也許得手之後，你會跑到蒙特羅的老情人那裡廝混。」

塞爾嗤之以鼻：「妳吃醋了嗎？我受不了善妒的梅麗，但是我可無法拒絕妳的誘惑，是不是？我給妳的機票錢還在吧？」

「在這裡。」她摸了摸豐滿的胸部，塞爾色瞇瞇地看著她的手勢。

「我給了妳機票錢，這就是最好的證明，事成之後我將趕往賭城與妳碰面，我一分錢都沒有給梅麗，我讓她用自己的錢去費城。」

吉恩問道：「那我們在賭城的什麼地方會面？」

「這個週六的晚上，我們在賭城的『藍天汽車旅店』碰面，不見不散。」塞爾說，「週六下午我盡量提前趕到，不過我在路上還要把梅麗的汽車處理掉，如果妳先到達旅店，就對櫃檯說妳是我太太，我已經和那邊打好招呼了。」

「好的，」吉恩說，「那我今天中午就買飛機票。」

她說著，拿出另一瓶香水給塞爾，塞爾假裝是顧客，嗅了嗅香水。正在這時，店鋪前面的接待臺那裡有人在叫：「吉恩，來一下。」

「什麼事？」吉恩嚇了一跳。

「有人打電話來問關於一款『古琦』香水的情況。」

「那款產品沒有貨。」吉恩大聲答道。

塞爾見此地不宜久留，就推開吉恩的手，說：「寶貝兒，祝

我好運吧，星期六晚上賭城見，好嗎？」

「好的。」吉恩興奮地說，「塞爾，別忘了多弄點。」

他點點頭，然後故意用大嗓門說道：「我今天還不能確定，我想我得去問問她，看她最喜歡哪一種香水。」

塞爾說完，便躊躇滿志地離開了店鋪，吉恩目送著他離開。

冒著雨，塞爾穿過龐特阿西街，前往梅麗破舊的公寓。

梅麗有著一頭褐髮，她說話時帶著明顯的西班牙口音，這令塞爾非常著迷，因為塞爾覺得她一定是生長在墨西哥。梅麗在電話公司做夜間接線生，正如同塞爾向吉恩描述的那樣，梅麗可能是這座城市最寂寞的女人，直到她結識了塞爾之後，她才變得近乎瘋狂的快樂，因為她終於找到了情感的歸宿。

梅麗做夢都想和塞爾結婚。塞爾正式告訴她，結婚的前提條件是與他合夥冒險搶銀行，開始時梅麗還有些猶豫，但一想到能去費城登記結婚並踏上紅地毯，她最後還是答應了塞爾的要求。

差五分十二點的時候，當塞爾按響她家的門鈴時，她已經穿好衣服，梳妝完畢，在家裡等候多時了。

梅麗開啟門，一看到是自己的意中人來了，便歡叫了一聲：「塞爾！」她把他拉進臥室。他把頭罩掀開後，她就張開雙臂，摟住他的脖子，緊緊依偎在他的肩頭。

「哦，你從昨晚離開一直到現在，我覺得時間過得好慢！」說著，梅麗把頭移開一點點，看著塞爾說，「你在想什麼，塞爾？我們今天中午行動嗎？」

塞爾最厭煩她這些愚蠢的問題了，微微皺了皺眉頭，沒有說話。「塞爾，我把汽車準備好了，我還請維修工檢查過，一點問題都沒有，油也加滿了。你到費城以後，就拿這個當婚車，去接我！」

「婚車？」塞爾心裡暗自發笑，「好的，梅麗，我們就在今天動手。現在外面正在下雨，街上的行人都打著傘或穿雨衣，購物中心的停車場一定有很多空位置。」

「我幾點把車開過去？我把它停在什麼地方呢？」梅麗說話的樣子，就像一位毫無主見的小女人。她又向塞爾依偎過去。

塞爾看了看錶說：「最晚妳要在十二點二十五分到達，那附近有一個床上用品商店，妳離那個店面越近越好。記住，在停車時一定要將車倒放在路旁，車頭向外，這樣我就不必浪費時間倒車了。還有一點千萬要記住，別關發動機，好嗎？」

「放心，我會準時把車停在那兒的。塞爾，你可千萬要小心，一想到你要冒那麼大的風險，我緊張得都快要窒息了。」

「別擔心，寶貝，這對我來說是小菜一碟。星期日晚上，我們就已經在費城了，到時候我們將踏上紅地毯，那將是我生命

中最幸福的時刻！」他裝出一副期待的樣子。

「這可難說啊。」梅麗突然變得鬱鬱寡歡起來，「我很擔心你會中途變卦，因為追求你的女孩子太多了！」

「嘿！別這樣說嘛！」塞爾拍拍她的手，「梅麗，我不是那種人，我只愛妳一個，拋開那些念頭吧，星期日晚上我們費城見。」

「你以前去過費城嗎？」

「從來沒有。」

「你確定？」

「確定，為什麼問這個？」

「我只是擔心你在那裡有老情人，她們也許會把你從我身邊搶走。」

「誰都不會把我從妳這裡搶走的。」塞爾把梅麗擁在懷裡，熱烈地吻著她。

「我愛你，塞爾。」她含情脈脈地說，「假如你背叛了我們的感情，愛上別人，我該怎麼辦？」

塞爾有些不耐煩地看了看錶，說：「我得走了，妳有沒有袋子，給我幾個。」

「當然有，」梅麗從抽屜裡取出早已準備好的三個紙口袋，「塞爾，求求你，小心！」

「放心吧！妳別忘了我們的約定，週日晚上費城見，地點妳知道吧。」

「格林尼治旅店，放心吧，我會提前去等你的，我今晚就搭巴士去。」

「好。」塞爾說著，再次親吻她。

她抬起頭，看著塞爾的眼睛，回吻他。「汽車的事包在我身上，你得手之後，它會在那兒等你。」

塞爾把那三個紙口袋摺疊起來，夾在腋窩下面，又拉好夾克拉鍊，離開梅麗的公寓。他回頭向送出來的梅麗揮了揮手，手勢中充滿了忠誠和真摯。

送走塞爾後，梅麗披上雨衣，來到停車場，將自己那輛已經買了二年的汽車發動起來。她沿著大街朝購物中心的北側駛去，她看了看時間，距離與塞爾約定的時間還有二十分鐘。她只需在這二十分鐘內把汽車停在那個床上用品商店附近就可以了。

與此同時，塞爾已經出現在第一國家銀行。他沉著地來到銀行櫃檯，將事先寫好的一張紙條遞給裡面的女出納員，然後把紙口袋也塞了進去。塞爾拉低的帽簷擋住了大半個臉，只從帽簷後面露出微笑。出納員看了看紙條上的字，上面寫著：「將錢塞滿袋子，否則就殺了妳。」

出納員驚駭地瞪大了雙眼，儘管極度恐懼，但她還是乖乖地按照紙條上的指示，從抽屜裡拿出一沓沓現鈔，塞進了口袋。

在搶劫之前，塞爾已經對銀行的情況瞭如指掌，他知道，銀行方面在平時都給職員下達過這樣的指示：當遭遇搶劫時，不要反抗，照著劫匪的指令去做，直到他們離開銀行後，再報警。塞爾也知道，在櫃檯的隱蔽處有一個照相機鏡頭，女出納員在取錢的時候一定偷偷地按動了一個隱藏在辦公桌上的快門，拍下了自己的照片。不過，塞爾可不擔心，因為照片上只會出現一張被帽簷遮住的臉，誰又能認得出來呢？

過了一會，出納員將紙條和紙袋都推了出來，他小心地收好，然後微笑著說了聲：「謝謝妳，小姐。」就快步走出了銀行大門，上了人行道。這時，銀行的出納員也迅速按響了警鈴，銀行的警衛立即根據出納員的敘述追出門去。可是，此時正值中午，門口的州立大街有許多行人揹著包和提著購物袋。塞爾走在他們當中，就好像沙灘中的一粒沙，森林中的一片葉一樣，很快就消失不見了。當銀行警衛們還在到處尋找他的蹤跡時，塞爾已經走進哈里遜儲蓄公司的旋轉門了。

在哈里遜儲蓄公司，塞爾故技重演，最後他也如願以償拿到了滿滿一口袋錢。臨走時，他還不忘扔下一句話：「謝謝妳，小姐。」塞爾志得意滿地走出哈里遜儲蓄公司，他想：「明天的報紙頭條也許會刊出這樣的題目 ——《銀行遭遇『紳士劫

匪』》，真有意思！」

　　當哈里遜儲蓄公司警鈴大作的時候，塞爾已經不緊不慢地走進了「大眾銀行北區分行」，這一次他又得手了。

　　一切進行得非常順利。塞爾按照預定的逃跑路線，穿過購物中心，來到附近的一條街道，遠遠地，他看到那家床上用品商店的附近停著梅麗的汽車，引擎仍在轉動，透過濛濛的細雨，他甚至還能清楚地看到車尾的排氣管噴出的淡淡尾氣。

　　狡猾的塞爾沒有貿然靠近，而是先觀察了一下附近的街道情況，只見行人或穿著雨衣，或打著雨傘，三三兩兩地在雨中走著，完全沒有人注意到他時，這才放心地向汽車走去。他寬大的夾克內側縫著口袋，那三個裝滿了錢的紙袋就放在口袋中。

　　他迅速地上了梅麗的汽車，並順利地啟動了，直到他駛上了州立街，這時才遠遠傳來大眾銀行北區分行的警笛聲。這一刻，他覺得無比興奮、快樂和驕傲。

　　塞爾轉彎向西行駛，駛上了出城的路。根據本州的法令，下雨天司機必須開啟車前燈。塞爾依照法令開啟車前燈，汽車的雨刷也在來回擺動著。塞爾不緊不慢地駕駛著汽車，避免顯出手忙腳亂的樣子，他要努力使自己看起來像個遵紀守法的良好公民。

　　當塞爾行駛到州立街和安伯遜街的十字路口等紅燈時，透

過倒車鏡他驚訝地發現，自己的汽車後面不知什麼時候緊跟著一輛警車。「也許這是一個巧合。」他不停地安慰著自己。這時，從安伯遜街駛出了另一輛巡邏車，這輛巡邏車停在十字路中間，正好擋住了塞爾汽車的去路，頓時他的心中出現了一股巨大的、不祥的預感。

顯然，自己的車已經陷入了警方的包圍圈。塞爾想猛踩油門，衝出一條血路，可是他想起來，梅麗這輛汽車是無法和警車硬碰硬的，如果硬撞，受傷的恐怕只能是自己。這時他又想跳下車逃掉，可是也遲了。

每輛警車上都跳下兩名警察，他們手裡拿著槍，包圍了塞爾的汽車。當他們嚴厲地命令他下車，把雙手攔在車頂上時，塞爾不得不照做了，他明白，自己這下徹底完了。

在法庭上，塞爾驚訝地發現，梅麗居然站在證人席上。梅麗向法官作證說，當時，她正在大眾銀行北區分行存一筆錢，恰好見到那個穿防雨夾克、戴著帽子的人走了進來，她注意到那人彷彿遞給了出納員什麼東西，接著出納員就變得臉色慘白，神情慌亂起來。當時，她覺得非常好奇，於是就在暗中觀察。最初的時候，她也不敢確信這居然是一起搶劫案，但好奇心驅使她在那個人離開之後，便跟蹤在後面，只見這個人居然爬上了自己停在附近的汽車，她才敢確信這真的是一起搶劫案。

在法庭上，梅麗也向法官作了自我檢討和辯解，她說：「我

承認，我在走進銀行之前一時大意，忘記關閉汽車引擎了。可是，出現這種疏忽的原因是因為那天在下雨，我覺得進銀行辦事也只是一下子的時間。後來，當我發現這是一起搶劫案時，立即向銀行警衛報了案，同時還打電話報警，告訴警方有一個歹徒剛剛搶了四號窗口的出納員，還偷走我停放在外面的汽車，並且我還把汽車的車型、車牌號以及行駛方向都說了，這才幫助警方使得這個強盜在短時間內落網。沒錯！就是坐在被告席上的那個人！不，他搶大眾銀行之前，我從來沒有見過他。」

梅麗的這番話把塞爾的鼻子都氣歪了，他心裡暗暗叫苦；「看來自己肯定要遭受牢獄之災了。」其實梅麗的證詞也並不重要，因為塞爾夾克下的三袋子贓款，還有外衣口袋裡的那把玩具槍就足以將他定罪了，那是鐵證如山！

塞爾被關進了聯邦監獄。出乎意料的是，在他入獄後的第一個探訪日，就有人來探望他，而那人居然是梅麗。她對塞爾傻傻地笑，隔著鐵絲網撫摸著他的手。「嗨，親愛的，好久不見，你在這裡怎麼樣？我來看你只是為了告訴你，我會等你出獄的，因為我還要和你結婚。」她不無揶揄地說。

聽了這話，塞爾幾乎快氣暈了，他冷冷地說：「妳不必等我，梅麗，我只想問妳一件事。」

「什麼事？」她問，雖然她知道他想要問什麼。

「妳說，那天妳為什麼要報警？妳說妳愛我，願意和我去費城結婚，而且也同意了我的搶劫計畫，可妳為什麼要改變主意，甚至還在法官面前假裝不認識我？」

「噢，我真的愛你，塞爾，我對你的心到現在也沒變。」她一本正經地說。

「那妳為什麼要出賣我？」塞爾依然不依不饒地說。

「因為我不能容忍我的未婚夫去愛別的女人，就是這樣！」她用天真的西班牙腔說道。

「天啊！難道就是因為這個？妳怎麼會這麼認為？」

「你還記得你出發的那天嗎，你吻我的時候，我聞到你的肩頭有香水味，我猜那是香奈兒五號香水。」

塞爾木然地點點頭。

「所以我決定給你點顏色看看。」梅麗說。然後，她又急切地問：「請告訴我，那天上午你來找我之前，是不是和另一個女人在一起？」

「是的，」塞爾說，「她叫吉恩，在龐特阿西街上的一家百貨店負責銷售化妝品，我和她約好了，得手之後帶著錢和她去賭城，而不是去費城和妳結婚，這下你滿意了吧？」

梅麗的雙眼一下子變得呆滯無光，彷彿生病了一般。但很

快，她的眼中燃燒起了怒火。「你這個偽君子！」她的聲音哽咽了，「你這個沒有良心的負心漢！」

「偽君子？負心漢？」塞爾想，是的。但現在他心中還有一個最大的謎團沒有解開，那就是自己肩頭上的香奈兒五號香水味，是不是吉恩故意噴上去的呢？以便讓自己的祕密暴露在梅麗面前。

「吉恩太了解梅麗了，她知道梅麗的妒忌心很強，可吉恩為什麼會這麼做呢？」塞爾嘆著氣，「難道吉恩也不相信自己？對，一定是這樣的！」他彷彿理出了些頭緒。

「塞爾！我和吉恩，你究竟會選擇哪一個？我必須知道！」梅麗還在問著，因為她想知道塞爾的心。

「善妒的梅麗呀，妳可把我坑苦了，甚至都已經把我坑到了牢獄中，我為什麼還要告訴妳答案？讓妳納悶去吧！」塞爾透過鐵絲網孔，直視著她，「傷透妳的心吧！寶貝，我永遠不會吐露半個字！」

或許梅麗還是不知道答案為妙，因為塞爾的真實想法是：搶劫得手之後，他既不去費城與梅麗結婚，也不去賭城與吉恩相會，他要去的是得州的拉里諾，那裡的夜總會有一位女招待名叫拜娜，她是塞爾的中學同學，也是他相戀多年的愛人。

三角遊戲

裸體藝術 ——————————

　　現在已是午夜時分，我知道，假如現在不將整個故事寫下來的話，我將再沒有提筆的勇氣了。整個晚上，我呆坐在這裡拚命回憶，但越是回憶，越讓我感到恐懼、羞愧和壓力重重。

　　原以為我的頭腦很靈光，可現在卻變得亂糟糟。我只能靠著懺悔竭力去尋找原因 —— 我為什麼如此粗暴地對待珍尼特·德·貝拉佳。事實上，我多麼希望有一位富有想像力、有同情心的聽眾耐心聽我的傾訴。這位聽眾應該是溫柔而善解人意的。我要向他傾訴我不幸生活的每一個細節，但願我不會因為過於激動而泣不成聲。

　　坦率地說，我不得不承認，最困惑我的並不是自己的羞愧感，而是對可憐的珍尼特造成的傷害。我不僅愚弄了自己，也愚弄了所有的朋友 —— 如果他們還把我當做朋友的話。他們多麼友善啊，過去經常來我的別墅聚會。現在他們一定都把我看做一個混蛋了。唉！我的確對珍尼特造成了嚴重的傷害。你願意聽我的傾訴嗎？首先我花點時間介紹一下自己吧。

　　說實在的，在生活中，我屬於那種比較少有的、優秀的一類人。我收入豐厚、工作輕鬆、有修養、正值中年，富有魅

力、慷慨大方，在朋友圈內的口碑很好。我是從事藝術品鑑賞工作的，所以欣賞品味自然與眾不同。我們這個圈子裡的人，雖然整日被女人們圍繞，但我們很多人都是單身貴族。因為我們不願意與緊緊包圍自己的女人產生任何瓜葛。我們這群人生活中的大部分時間都是春風得意，雖然也會有一些小小的挫折、不滿和遺憾，但那只是偶爾出現。

透過上面的介紹，相信你已經對我有一個大致的了解。接下來我要講一講我的故事，如果聽完這個故事，你也許會對我產生一些同情，也許會覺得，其實那個叫做格拉迪·柏森貝的女人才是最該受到譴責的。的確，她才是始作俑者。

假如那天晚上我沒有送她回家，假如她沒有提到那個人和那件事，我想，事情的結果就不會像現在這樣了。

如果我沒有記錯的話，那件事應該發生在去年的二月分。

那天，我邀請一群朋友來我的位於埃森頓的別墅聚會。這座別墅周邊環境十分優美，甚至可以看到錦絲公園的一角。許多朋友都應邀出席了聚會。

在聚會的自始至終，格拉迪柏森貝都一直陪伴著我。因此，當聚會散場之後，我主動提出要送她回家。她愉快地接受了我的提議。可我哪裡知道，我的不幸就由此開始了。

我將她送到家門口，她一再邀請我進屋去坐一坐。儘管我

不太情願，可她說：「讓我們為歸途一路順風乾一杯。」我不好拂了她的面子，於是便讓司機在車裡等我，我則跟著她進屋了。格拉迪・柏森貝的個子非常矮，甚至不到一百五十公分。我和她站在一起簡直太滑稽了，好像我站在椅子上一樣居高臨下。格拉迪・柏森貝寡居多年，她的面部不僅皮膚鬆弛，毫無彈性，而且膚色晦暗，缺少光澤。她的臉盤並不算大，可上面卻堆滿了肥肉，似乎要將鼻子、嘴和下巴擠得錯了位。好在她的臉上還有一張能發出聲音的嘴，否則，恐怕人們會把她當做一條醜陋的鰻魚。

坐在她家的客廳裡，她為我倒了一杯白蘭地，自己也端起一杯，邀我和她共飲。我注意到她的手有點抖。我們又閒聊了一陣當晚的聚會和幾個朋友的趣事之後，我就站起身來，準備告辭。

「坐下，雷歐奈，」她說，「再陪我喝一杯。」

「不能再喝了，我真的該走了。」

「坐啊，坐啊，我還要再喝一杯呢，你走之前必須再陪我再乾一杯。」她的言語之間已經帶了幾分醉意。

我看著她晃徘徊悠地拿著空酒杯，走向酒櫃。她那又矮又寬的身材甚至讓我產生了錯覺－難道她的膝蓋以上胖得連腿都看不見了？我不禁偷偷地笑了。

「雷歐奈，你在笑什麼呢？」她似乎瞥到了我的表情，微微側過身來問，幾滴白蘭地不小心灑到了杯子外。

「沒什麼，沒什麼。」我急忙掩飾著。

「對了，讓你欣賞一下我最近的一幅畫像吧。」

說完，她抬手指了指一幅掛在壁爐上的大肖像畫。

其實，一進屋我就注意到那幅畫了。但我一直假裝沒看見它。憑藉我多年鑑賞藝術品的經驗，不用問，那肯是是由頗具盛名的畫家約翰·約伊頓所作。這幅畫是一幅全身像，約翰·約伊頓使用了許多藝術技法，使畫中的柏森貝太太看起來顯得高個苗條，極富魅力。

「迷人極了！」我口是心非地說，「不是嗎？」

「我很高興你也喜歡它。」

「這幅畫真是迷人！」

「約伊頓簡直是個天才！你不認為他是個天才嗎？」

「噢，豈止是個天才……」』

「不過，雷歐奈，你知道約翰·約伊頓的畫酬是多少嗎？憑他走紅的程度，少了一千元他根本不給畫。」

「真的？」

「當然，即使這麼貴，排著隊求他作畫的人還有好多呢！」

「太有趣了。」

「現在你承認他是個天才了吧？」

「當然，確實算個天才。」

「約伊頓當然是天才，他的身價就是最好的證明。」

說完，格拉迪‧柏森貝沉默了一陣，輕啜了口白蘭地。玻璃杯在她的肥厚的嘴唇上壓出了一道淺淺的痕跡。她注意到我正在看她，透過眼角瞟了我一眼。我輕輕地將頭扭開了，什麼話也沒說。

她將酒杯放在右手邊的酒盤上，轉過身來，彷彿要對我說點什麼。我也在等著她開口，結果她卻一陣沉默。我們兩個人都沒有說話，因為誰都無話可說，有些冷場。我只好假裝隨意地擺弄一支雪茄，研究菸灰和噴到天花板上的煙霧。

就這樣沉默了大約半分鐘，她率先打破了僵局。格拉迪‧柏森貝羞澀地一笑，垂下了眼瞼，開了口。她的那張好似鰻魚般的嘴囁嚅著成了個怪異的夾角。

「雷歐奈，我想告訴你個祕密。」

「是嗎，不過，我現在得走了。」

「別緊張嘛，雷歐奈，不會讓你為難的，你幹嘛這麼緊張？」

「一般的祕密可引不起我的興趣。」

「在美術作品方面你是個行家，你一定會對這個祕密感興

趣。」她安靜地坐著，手指卻一直在抖，並且不安地擰來擰去，就像一條條小蛇在蜿蜒扭動。

「你不想聽這個祕密嗎，雷歐奈？」

「我還是不要知道為妙，也許妳以後會非常尷尬也說不定。」

「也許會，你知道，在倫敦這個地方最好少談論一些八卦新聞，特別是涉及一個女人的隱私，可能這個祕密還會牽連到四、五十個淑女。不過，這個祕密與男人們無關，除了約翰·約伊頓。」

我對她的祕密絲毫沒有興趣，因此，我沒有接她的話，一言不發地坐在那裡。

可是她卻似乎沒有看出我的心思，仍然興致勃勃地說：「我要告訴你這個祕密了，當然，最好你得保證不洩露這個祕密。」

「噢，當然不會。」我只好說。

「你發個誓！」

「發誓？好，好，我發誓。」出於禮貌起見，我只好很不情願地發了個誓。

「好吧，那我說了啊，」她又端了一杯白蘭地，湊到我的跟前，「我想你一定知道，約翰·約伊頓只為女人作畫。」

「是的，他的確這樣。」

「而且他只給人畫全身像，既有站勢的，也有坐勢的，比如我的那一幅。來，雷歐奈，靠近一些，再看看這幅畫，你覺得那套晚禮服怎麼樣？很漂亮，對吧？」

「當然……它很不錯。」

「別那麼漫不經心嘛，走近些，再仔細看看吧。」

我拗不過，只好勉強靠近一些看了看。

讓我感到驚訝的是，畫禮服所用的顏料明顯可以看出上面比其他部分更濃重，似乎是經過專門處理過的。

「雷歐奈，你是行家，看出點兒什麼來了吧？你一定感到奇怪，為什麼禮服的顏料上得重，對嗎？」

「是，有點。」

「哈，再沒比這更有趣的了，讓我從頭給你解釋吧。」唉，這女人真囉唆，我怎樣才能逃掉呢？

格拉迪‧柏森貝沒有注意到我的厭煩之情，她仍舊興致勃勃地說著：「那大約是一年前吧。我第一次來到約翰‧約伊頓的畫室，說實話，當時我的心情非常激動。那天我特意穿著剛從諾曼‧哈耐爾商場買的晚禮服，戴了一頂剪裁別緻的紅帽。約伊頓先生在門口迎接我。當然，他渾身上下瀰漫著一股藝術氣息，他的藍眼睛非常銷魂，身穿黑色天鵝絨夾克。約伊頓先生的畫室可真大，客廳裡是紅色的天鵝絨沙發，連椅子罩都是

天鵝絨的。天鵝絨是他的最愛 —— 天鵝絨的窗簾，天鵝絨的地毯⋯⋯」

「噢，真的嗎？」

「是的，約伊頓先生請我坐下來，首先向我介紹他作畫的獨特方式，他告訴我，他有一種能把女人身材畫得近乎完美的方法。這種方法說來你會大吃一驚。」

我說：「你說吧，我不會介意的。」

「當時，約伊頓為我展示了一些其他畫家的作品，他對我說：『你看這些劣質之作，不管是誰畫的，儘管他們把人物的服飾畫得極其完美，但仍有一種虛假造作的感覺，整幅畫毫無生氣可言。』」

聽了格拉迪・柏森貝的轉述，我好奇地問：「那這是為什麼呢？」

「約伊頓後來告訴我，因為一般的畫家根本不了解衣服下的祕密啊！」格拉迪・柏森貝停了下來，喝了口白蘭地：「別用這種眼神看著我，雷歐奈。」她對我說，「這沒什麼，你別那麼驚訝，然後，約伊頓先生告訴我說，這就是他堅持要求只畫裸體畫的原因。」

「天啊！」我吃驚地叫了起來。

「『如果妳一時無法接受，我這裡有一個折中的辦法，柏森

貝夫人，』約伊頓先生說，『我可以先畫妳的裸體畫，幾個月後等顏料乾了，妳再來，我在畫面上再畫妳身穿內衣的樣子，以後再畫上外套，瞧，就這麼簡單！而且這樣畫出來的畫絕對能夠展現妳完美的身材。』」

「這傢伙是個色情狂。」我吃驚地說。

「不，雷歐奈，我認為約伊頓先生是無比誠懇的，他不帶有任何邪念。不過，我和他說，讓我畫那種畫，我的丈夫會第一個反對。」格拉迪・柏森貝說，「可約伊頓先生接著說，不要讓你的丈夫知道，除了他畫過的女人，還沒人知道這個祕密。這和道德無關，真正的畫家不會幹出那些不道德的事來。約伊頓先生讓我把這次作畫當做看病一樣，就如同在醫生面前脫衣服一樣。」

「那你是怎麼回答約伊頓先生的呢？」我問。

「我告訴他，如果只是看眼病，當然拒絕脫衣服。他大笑起來，不得不得承認，他的話很有說服力，最後，我答應了他。瞧，雷歐奈，我把我的祕密告訴了你。」她站了起來，又給自己倒了杯白蘭地。

「這是真的？」

「當然。」

「你是說，他的那些肖像畫都是這樣畫出來的？」

「對，不過好在丈夫們永遠不會知道，他們最後只是看到穿戴整齊的女人的畫像。當然，赤裸著身體讓畫家畫張像也沒什麼，藝術家們不是都這樣做嗎？可是我們愚蠢的丈夫都想不開，覺得約伊頓先生的腦子有毛病，我反倒認為他是個天才！」

「不過，我還有一個疑問，你在去找約伊頓畫像之前，你是不是……是不是已經聽說過他獨一無二的繪畫技巧？」我問。

她倒白蘭地的手抖了一下，扭過頭來看著我，我注意到她的臉有些紅了：「該死，真是什麼都瞞不過你。」

這下我徹底明白了約翰·約伊頓的手法，他非常了解這個城市裡上流社會女人們的心理。他掌握了這幫既有錢又有閒的女人的底細，他經常和這幫女人混在一起打橋牌、逛商場、排憂解悶，從早上一直玩到晚上酒會開始。他也在將自己的想法逐漸灌輸給這些女人，於是，他的繪畫技法也像天花一樣在她們那個圈子裡傳播起來。

「你不會和其他人說吧，你發過誓的。」

「不會，當然不會，不過，時間不早了，我該走了。」

「別這麼死心眼，才開始讓你高興起來，陪我喝完這杯吧。」

我只好乖乖地坐下來，看著她端起那杯白蘭地，輕啜起來。這時，我注意到她那雙小眼睛一直在圍著我轉，散發出狡

點的目光，那股目光中似乎還充滿了熊熊的慾火，就像條小青蛇一樣，恨不得將我一口吞噬。

突然，格拉迪·柏森貝開口說了一句話，這句話差點讓我從沙發上跳起來。她說：「雷歐奈，我聽到了一點風言風語，嗯，是關於你和珍尼特·德·貝拉佳的事。」

「格拉迪，請不要……」

「得了吧，你的臉都紅了。」她把手放在我的腿上，示意我不要太緊張。

「我們之間現在沒有祕密，不是嗎？」

「珍尼特是個好女孩。」

「她恐怕不能稱之為女孩了，」格拉迪停了下來，若有所思地端詳著手中的杯子，「當然，我同意你對她的看法，她的確很優秀，除了……」這時，她顯得欲言又止，但又繼續說下去：「除了偶爾談些出乎意料的話題以外。」

「都談了些什麼？」我急忙問。

「只是談起了一些人，其中也包括你。」

「談到我什麼了？」

「沒什麼，你不會想知道的。」

「到底說我什麼？」

「哎，其實也沒什麼可說的，只是她對你的評價令我非常好奇！」

「格拉迪，她到底說過我什麼？」格拉迪越是賣關子，我心情越是急迫，我的汗已從脊背上滾落下來。

「讓我想想，其實也未必是當真啦，她只是說了些關於和你一起吃晚飯的事。」

「她感到厭煩了？」

「是啊，她是這麼說的。」格拉迪一口喝乾了一大杯白蘭地，「正巧，今天下午我和珍尼特一起打牌。我問她明天是否有空一起吃飯，可她沮喪地對我說：『沒辦法，我得和那煩人的雷歐奈在一起。』」

「珍尼特是這樣說的？」我急了。

「當然！」

「還說什麼了？」

「夠了，有些東西你還是少知道些為妙。」

「快說，快說，請繼續吧。」

「噢，雷歐奈，你不要太激動。是在你一再要求之下，我才和你講這些的，否則我才不散播這些東西呢！我們現在已是真正的朋友了，對吧？」

「對！對！快說吧！」

「嘿，老天，你總得讓我回憶一下吧！據我所知，珍尼特在今天下午的原話是這樣的，」格拉迪開始拿腔捏調地模仿珍尼特的女中音說，「雷歐奈這人真沒勁！吃飯總是去約賽·格瑞餐廳，總是喋喋不休地講他的繪畫、瓷皿，瓷皿、繪畫。在送我回去的計程車裡，他總是藉故抓住我的手，故意往我的身邊湊，一身劣質菸草味嗆得我要嘔吐。到了我家門口，我總是勸他待在車裡，不要出來了。可他也不知道是真糊塗還是裝糊塗，非要把我送到家裡，我只能趁他尚未動腳以前趕快溜進屋，然後迅速地關上大門，否則⋯⋯」

格拉迪隨後又說了許多，我只看到她的嘴在繪聲繪色地講著，可我一句都沒聽進去。那真是個可怕的晚上，格拉迪轉述的話語已經完全把我擊垮了。我拖著沉沉的腳步上了車，回到了家。直到第二天天亮，我還沒能從絕望的心情中掙脫出來。

這天晚上，我身心疲憊地躺在床上，呆呆地望著天花板，心中無比沮喪。我腦海裡拚命地回憶在格拉迪家所談內容的每一個細節 —— 她醜陋肥胖的臉，如鰻魚般的嘴，她說的每句話⋯⋯最令人難忘的是珍尼特對我的評價。那真是珍尼特親口說的！

想到這裡，我心中突然升起一股對珍尼特的憎惡之火。這

股怒火如同一股熱流，隨著血液流遍全身。我的身體像發燒一樣顫抖起來，我好不容易才控制住這股衝動。對！我要報復一切詆譭我的人，珍妮特，我要妳好看！

也許讀到這裡，你會覺得我太敏感了。不！你不了解我當時的感受，我真恨不得拿起刀將她殺死，要不是在手臂上掐的一條條深痕讓我清醒了一些，我真可能幹出那種事。

不過，殺了那女人太便宜了她，這也不是我一貫的風格，我要想一個更好的辦法報復她！我並不是一個思維縝密，富有條理的人，也沒有從事過什麼正式的職業。但是，對珍妮特的怨恨與怒火讓我的思維變得敏銳起來，我的大腦在飛快地轉動，很快，我就想出了一個完美的復仇計畫，一個真正令人興奮的計畫。我仔細地思考了計畫的每一個環節，設想了所有可能遇到的情況。終於，這個計畫在我的腦海裡逐漸成形，最後美得無懈可擊。我相信，這個計畫將沒有任何漏洞，珍妮特必將被我的計畫打擊得體無完膚！一想到這裡，我就感到血脈賁張，激動地在床上跳上跳下，拳頭攥得咯咯直響。

我毫不怠慢，趕緊翻出電話簿，查到了那個電話，撥了過去。

「你好，我找約伊頓先生，約翰・約伊頓。」

「我就是。」

雖然我從來沒見過他，他也從未和我打過交道，但只要我報出自己的名號，他就變得非常熱情。每一個在社會上有錢有地位的人，都是他這種人追逐的對象。

「我一小時後有空，你來找我吧。」我告訴了他一個地址，就掛了電話。

我興奮地從床上蹦了下來，按捺不住心中一陣陣的興奮。剛才我還深深地陷入絕望之中，而現在則極度亢奮，簡直判若兩人。

約翰·約伊頓準時出現在我的讀書室。他的個頭不高，衣著相當考究，上身穿著一件黑色天鵝絨夾克。「很高興這麼快就見到了你。」我衝著他打招呼說。

「這是我的榮幸！」他的嘴唇顯得又溼又黏，蒼白之中泛著點兒微紅。

寒暄了幾句之後，我就進入了正題。「約伊頓先生，我有個不情之請，想請你幫忙，這完全是個人私事。」

「噢？」他的頭高昂著，好似公雞一樣點著。

「是這樣，本城有位小姐，她希望您能為她畫張畫。其實，我也非常希望能擁有一張她的畫像，不過請您暫時為我保密。」

「你的意思是……」

「我這樣打算的，」我說，「因為我對她仰慕已久，希望能送

她一件禮物，比如她的一幅自畫像，而且，我希望找一個合適的時機突然送給她，給她一個驚喜。」

「我真服了你，你真浪漫啊！這位小姐叫什麼名字呢？」

「她叫珍尼特‧德‧貝拉佳。」

「珍尼特‧德‧貝拉佳？讓我想想，嗯，我好像還真沒和她打過交道。」

「真是遺憾，不過，你很快就會見到她。你可以在酒會等場合遇到她。如果你見到，就這樣對她說，說你要找一個模特，她恰好各方面都符合條件，她的眼睛、臉形、身材都非常合適。然後你告訴她，你願意給她免費畫一幅肖像。我敢擔保她一定不會拒絕。等你把畫畫好後，先不要告訴她，而是把畫送到我這裡來。當然，我支付的畫酬肯定能令你滿意！」

聽到這裡，約伊頓臉上浮起了一絲不易察覺的笑容。

「你還有什麼疑問嗎？」我問，「很浪漫，對吧？」

「我想……我想要……」他囁嚅了半天，從嘴裡擠出了幾個字，「雙倍畫酬。」

說完，約翰‧約伊頓也顯得有幾分尷尬，舔了舔發乾的嘴唇，補充道：「噢，雷歐奈先生，這可不是一件容易的事！當然，對於這樣浪漫的安排，我又怎麼好推辭呢？所以……價錢上……你是不是……」

「好，我答應，不過你要給我畫一幅珍尼特的全身像，要比梅瑟的那張大兩倍。」

「60 公分乘以 36 公分的？」

「沒錯，你要她擺出站立的姿勢，因為我認為那是她最美的姿勢。」

「我能理解你的心情，能為這樣一位可愛的女孩作畫，我深感榮幸。」

「謝謝，記住我們的計畫，別和外人說，這可只是我們倆之間的祕密。」

目送著那個混蛋走遠以後，我將門關上，興奮得渾身發抖。我在房間裡拚命地兜著圈子，真恨不得像白痴一樣開心地大喊幾嗓子，但我拚命地迫使自己安靜下來，連續做了二十五個深呼吸。我的報復計畫已經開了一個好頭 —— 最困難的部分已經布置好了。接下來，就剩下耐心的等待了。我猜想，按照那個混蛋畫家的速度，最快也要幾個月才能完成畫作。這無聊的等待讓我快失去耐心了，於是我去義大利度了一趟假。

四個月後，我結束了度假，從義大利返回。回來之後我第一件事就是和約伊頓聯繫，令人欣慰的是，一切都如我預料的那樣進行。約伊頓告訴我，珍尼特・德・貝拉佳的肖像畫已經完成。他還說，已經有好幾個主顧想購買這幅畫作，但是都被

他拒絕了，因為已經被預訂了。

　　我聽了約伊頓的話之後，非常高興，讓他立即將畫送到我的家裡來，當然，我也如約支付了他雙倍報酬。我把畫搬到了我自己的工作室，還來不及歇口氣就強壓著興奮仔細審視著這幅畫。只見畫布上的珍尼特身著一襲黑色晚禮服，裊裊婷婷地站著，倚靠在一個沙發上，她纖細的手則隨意地搭放在沙發靠背上。

　　憑我多年鑑賞美術作品的經驗，我不禁打從心裡佩服約伊頓的繪畫水準。這幅肖像畫畫得非常精心，確實不錯。最關鍵的是，約伊頓抓住了女人最迷人的表情。只見畫上的珍妮特的頭略微前傾，藍寶石般的眼睛又大又明亮，一絲笑意微微從嘴角露出。當然，珍妮特臉上的一點皺紋，以及帶有一些贅肉的下巴都被技藝過人的畫家掩飾得天衣無縫。

　　我湊近了一點，彎下腰來：仔仔細細地檢視畫中人的衣服。果然不出我所料！衣服那部分的油彩上得又厚又重，明顯比其他部分要厚出許多 —— 看來，約伊頓真的是先畫模特的裸體，然後再為其新增上衣服的啊！

　　我決定立即進行我的第二步計畫。於是，我將上衣脫在一邊，找來工具，準備對這幅肖像畫進行一番「改造」。

　　收藏、鑑賞名畫是我幹了多年的營生。在清理修復畫像方

面，我也是個行家。

在我看來，清理畫像這項工作其實就是個體力工作，只需要極強的耐心。

我熟練地向一個容器裡倒了些松節油，又加了幾滴酒精，我用一根小棒將其徹底混合均勻。然後我找來一隻細毛刷，蘸了些混合溶液，輕輕地刷在了畫像的晚禮服上。我清楚：約伊頓在畫這幅畫的時候，是等一層乾透之後才畫另一層，因此，我要想將其還原，必須一層層地將畫上的顏料剝離掉。

我在畫中珍尼特腹部的位置刷上了松節油，又加了點兒酒精，然後不厭其煩地刷著。終於，我看到畫布上的顏料逐漸溶化了，一點點地掉了來。

我花了整整一個小時的時間，反覆地刷著。漸漸地，外面的顏料被我刷掉了，我的毛刷子已經進入到油畫更深的層次。突然，在黑色顏料的中間，顯現出一點粉紅色 —— 那是黑色晚禮服下的內衣的顏色。

一個下午過去了，我一直把自己關在工作室內忙碌著。一切都進行得非常順利 —— 藉助稀釋溶液和軟毛刷，我無比耐心細緻地將畫中人的晚禮服給「脫」去，同時又沒有破壞到內衣的顏色。

我從她的腹部開始進行，在稀釋溶液的作用下，她黑色禮

服的顏料逐漸被消除殆盡，禮服下的粉紅色開始慢慢顯露。現在我可以清晰地辨識出來，那是一件有彈性的女式束腰 —— 戴上它可以使身材曲線更加完美。我繼續沿著腰部向下處理，將黑色禮服的下部逐漸剝離，顏料下面畫著的粉紅色的吊襪帶也顯露出來了，那吊襪帶一定是吊在她那豐潤的肩膀上。我繼續處理她的腿部，她穿得長筒襪也露出了真面目。

　　經過數個小時的緊張忙碌：我將她的整個禮服的下半部分用稀釋溶液除去：接下來，我開始轉攻畫像的上半部分。我繼續從她的腹部開始，向上移。透過處理，我可以看出，她那天穿的是露腰上衣，一塊白皙的肌膚顯露在我的面前。再向上就到達了胸部，一種更深的黑色顯現出來，畫面上開始出現了鑲有皺褶的帶子，那顯然是胸罩。

　　到了傍晚的時候，我對畫像的處理工作已接近尾聲。我顧不得休息，退後一步仔細端詳。原來，在莊重的晚禮服下面，是珍尼特身穿內衣的畫面，她站在那裡，就好像是剛出浴的樣子。

　　畫像已經處理完畢，接下來就是最後一件事了 —— 寫邀請函。我一夜沒睡，連夜撰寫邀請函。我總共邀請了二十二個人。他們包括本城幾乎所有的名流，其中有最有地位的男人，以及最迷人最有影響力的名媛。

我在給每個人的邀請函中都這樣寫道：「二十一日星期五晚八時，請賞光到敝舍一聚，不勝榮幸。」

然後，我又專門寫了一封給珍尼特的邀請函。我寫道：我非常希望能和妳再見面……我出國度假歸來了……我們又可以見面敘舊了等等。

我有意要使這場晚會看起來就像是我以前經常舉辦的那種。因此，當我在撰寫邀請函的內容時，我不難想像收到這封邀請函時那些人的表情 —— 他們會激動地大叫：「雷歐奈要搞一個晚會，請你了嗎？」「噢，太好了，他的晚會一貫都是那樣奢華和隆重！」「他真是個可愛的男士。」

他們真會這樣讚揚我嗎？我現在開始感到懷疑了。也許他們在背地裡這樣議論我：「親愛的，我也相信雷歐奈這個人還不錯，不過有點令人討厭；你知道珍尼特是怎樣評價他的嗎？」

想到這裡，我心中的怒火再一次升起。珍尼特，這次我一定要妳好看！於是，我毫不猶豫地發出了邀請函。

二十一日晚上八點鐘，客人們都準時到達了，他們擠滿了我的大會客廳。他們在會客廳內四處走動，有的人興致勃勃地欣賞著掛在牆上的我收藏的名畫，有的人端著馬提尼酒，與周圍的客人高談闊論著。女士們個個珠光寶氣，身上散發著芬芳；男士們則興奮得滿面紅光。珍尼特也應邀前來，她還是穿著那

件黑色晚禮服。我從人群中一眼就發現了她，因為那件晚禮服我再熟悉不過了。可是在我的腦海裡，她卻彷彿畫上穿著內衣的女人 —— 深黑色鑲有花邊的乳罩，粉紅色有彈性的束腰，以及粉紅色的吊襪帶。

作為晚會的主人，我熱情地與每位來賓打著招呼，彬彬有禮地和他們聊上幾句。有時候我還發表一些我的觀點，活躍氣氛。

不一會，晚會開始了，大家都向餐廳走去。

令所有賓客都感到非常詫異的是：餐廳裡一片黑暗，居然連燈都沒有亮。

「噢，天啊！」他們紛紛驚呼，「屋裡太黑了」、「我什麼都看不見！」、「蠟燭，蠟燭在哪兒！」、「雷歐奈，這簡直太浪漫了！」

侍者點燃了蠟燭。那是六根細長的、插在餐桌上的蠟燭，蠟燭之間的距離足有兩英呎那麼遠。微弱的燭光只能勉強照亮附近的桌面，而房間的其他地方，包括牆壁都籠罩在一片黑暗當中 —— 這正是我故意設計的。

在微弱燭光的指引下，客人們摸索著入座，晚會正式開始。

客人們似乎都是第一次參加這種獨特的燭光晚宴，他們對這種朦朦朧朧的氛圍非常感興趣。不過因為環境太暗，他們在

交談的時候不得不提高音量。我聽到珍尼特・德・貝拉佳的聲音：「上個星期在俱樂部的那次晚宴真是令人不爽，到處是法國人，到處是法國人……」剛才我一直在注意那些蠟燭，它們實在太細了，再要不了多久就會徹底燃盡。想到報復計劃即將實現，我突然感到有些緊張，這種緊張感越來越強烈 —— 以前從未有過。但是，我又感到一陣快感，因為珍尼特的聲音傳進我的耳朵，我看到她在燭光下有陰影的臉，我的身上頓時產生一種衝動，血脈賁張，我知道，復仇的時刻馬上就要到了……

見時機到了，我站在主人的位置，大聲說：「蠟燭即將燃盡了，我們需要一點燈光。瑪麗，請開燈！」

我的話音剛落，房間裡頓時一片安靜。女僕瑪麗走到了門邊，只聽清脆的開關聲響起。頓時，宴會廳燈光大亮，刺眼的燈光讓客人們幾乎無法睜開眼睛。這時，我卻悄悄地退到宴會廳的後門，溜了出去。

邁出宴會廳的後門，我故意放慢腳步，側耳傾聽屋子裡的動靜。只聽見宴會廳出現了一陣嘈雜的喧鬧聲，一個女人的尖叫，一個男子暴跳如雷的大喊大叫。很快，吵鬧聲越來越大，每個人好像都在喊著什麼。這時，一個女人在大聲喊叫 —— 蓋過了其他人的聲音 —— 那是繆梅太太的聲音。她喊道：「快，快，向她臉上噴些冷水。」

　　我沒有逗留，頭也不回地跑到大門口。我的司機正在那裡等著我，他扶我鑽進了轎車。車子加大油門向倫敦城外駛去。我們前往距這裡九十五英哩外的另一處別墅。

　　現在，當我再度回想起這件事的時候，我的後脊梁一陣發涼，我看我真是病了。

生意 —————————————————

　　在對面院子裡的躺椅上，那個男人已經懶洋洋地躺了大半天了。

　　哈利站在皇家的窗前，帶著無比厭惡的神情看著那個男人，心頭不禁竄起一股無名火。

　　「你看看那個人，」哈利一邊繫襯衫釦子，一邊厭惡地搖搖頭，「整天躺在那裡晒太陽，什麼也不幹，遊手好閒的傢伙！」

　　「哈利，」他的太太說，「古奇先生也不容易，受經濟危機的影響，這段時間有好多人都失業了。」

　　「嗯，倒也是。」哈利伸手拿領帶，哈利太太將領帶遞給丈夫。

　　哈利的年紀大約有五十來歲，頭髮早已禿了。他的身材像一個矮冬瓜，肥大的肚子向前挺出，他那名牌褲子被鼓鼓的肚子撐得緊繃繃的。

　　哈利接著說：「就算是有經濟危機這樣的客觀因素，可你看那個叫古奇的，好逸惡勞，懶得連根指頭都不想動，誰會僱用他？」

在一旁的哈利太太穿上一件家常衣服。雖然她也年近五十，臉上出現了皺紋，眼角也有了魚尾紋，哈利先生對她已經沒有什麼興趣了，但她的身段還保持著中年女性的優美曲線。

她說：「你知道古奇先生是做什麼的嗎？我聽人家說，他是個機械工程師呢。」

哈利輕蔑地笑了起來：「難怪這個傢伙會失業！你看他渾身上下，有哪一點正常？汽車拋錨了他也不會修理，他的割草機也動不動就冒火，就這樣的人，還什麼機械工程師？我都替他害臊！」

「唉，他也夠可憐的了，你就少說兩句吧。」

「哼，反正我看他不像什麼正經人。你看我，一早起來就穿戴整齊去店裡工作。你再看他，四仰八叉地躺在那裡看日出。在別人休息的時候，我也在辛勤工作；當別人舒舒服服在家過週末時，我卻到南部去出差談生意。有時候，我每週連續工作七天，我們辛辛苦苦繳納的稅款卻被用來養古奇那種閒人！我的天啊，要是我也失業了……」

「見鬼去吧，」哈利太太打斷了丈夫的話，「別說那些冠冕堂皇的話了！你的生意是你親手創造的嗎？還不是從你父親那兒繼承下來的嗎？而你父親又是從……」

「閉嘴！」

「你討厭古奇先生，並在這裡大肆抨擊他，難道真的是因為他失業了嗎？還是因為在去年的村長競選中，他支持過你的對手？」

「哼，那件事我早就忘記了！」哈利俐落地繫上領帶，回答說。

「我可不太相信。總之，今天晚上安倫家的派對上，如果你遇見古奇先生……」

「別逗了！安倫家的派對會邀請他？」

「是的，古奇太太帶著孩子回娘家了。安倫夫婦覺得古奇先生一個人孤零零的很可憐，就邀請他參加派對了。所以，要是今天晚上你在派對上遇到他，答應我，請別讓他下不來臺！」

「我可沒答應你！」

「別這樣，哈利……」

「現在還輪不到你教訓我！」哈利顯得非常不高興，他披上外套，向門外走去：「我討厭被教訓，我對那種語氣厭惡透了！」

哈利最近一直在挑起爭吵的事端。其實，他早就想和太太大吵一架了。他要的就是哈利太太鬧起來，最好是直接向他提出離婚。這樣，他就可以名正言順地和住在南部的那個小情人約會了。

但哈利太太並沒有上當,就在爭吵一觸即發的當口,她猶豫了一下,退讓了一步,說:「對不起,我知道你很忙,我不該惹你生氣,剛才的話就當我沒說好了。」

那天晚上,在安倫家的自助派對上,哈利好像是最渴的客人。

他端著一杯調好的馬爹利,坐在院子裡,向一群男士吹噓,炫耀自己的事業。

當他開始調第二杯酒時,看見古奇走了進來。古奇先生也就四十來歲,個子不高,眼神中透出一種說不出的憂鬱。吉奇拿著一罐啤酒,孤獨地站在人群邊上,自斟自飲。

哈利和那些客人們又閒聊了一會兒。這時,他看見古奇還站在一邊喝酒。他藉著酒意,晃徘徊悠地走了過去,清清嗓子,對古奇說:「嘿,古奇先生,你失業有多久了?」

「嗯,四個月了吧。」

「那這些日子你為什麼不找別的工作?」

哈利的聲音越來越大,甚至帶有一些挑釁的意味,這時周圍客人的談話慢慢停了下來。

見哈利這樣問,古奇感到有些尷尬,他不安地把身體的重量從一條腿換到另一條腿,緩緩地說:「嗯,我一直希望公司能把我重新召回,公司說只要業務形勢好轉,就會讓我回去繼續工作。」

「那這段失業的日子你怎麼度過？別告訴我你是天天躺在門口晒太陽，靠失業救濟金維生！」

「救濟金只是一小部分，因為數目有限，」古奇說，「我還有一些積蓄。」

「救濟金對你來說也許只是『一小部分』，但對於我們這些納稅人，那都是我們辛苦賺來的錢！」

「算了吧，別吵了，」有位客人過來打圓場，「那也不是他的錯……」

「不，我今天偏要說個痛快。」哈利打斷那人的話接著說，「要怪就怪這個社會制度！一些人遊手好閒、好吃懶做，他們不創造任何財富，卻要由另一些人來養活，而且是無限期地養活。沒錯，在這年頭，誰都可能被解僱，失業一段時間。但如果我是你，我才不會坐在家裡等著公司找我回去，我會主動地試試別的地方！」

古奇微微一笑。搖搖頭說：「我這個歲數了，不會有地方再要我了。」

「你怎麼知道？難道你試過？」

「我也去許多地方求職應徵，可結果都一樣，他們都嫌我年紀太大。」

「那麼，那你就出來單幹唄！你不是機械工程師嗎？那想必

你一定懂一些技術了，你又小有積蓄，為什麼不出來創業？怎麼，擔心自己的錢打水漂嗎？」

「不是那樣，我……嗯，我還受到許多客觀條件的制約。比如去賣東西，的確，我有可以銷售的產品，但我的推銷能力很差。一沒推銷的本事，二沒口才，再說……」

「得了，甭找藉口了！如果一個人對他推銷的產品有信心，就一定能成功。」哈利搖搖頭說，「只不過，有些人寧可做一隻寄生蟲，靠政府和納稅人養活，直到老死……」

哈利太太走過來：「夠了！有完沒完了？你太過分了！」

「我不過是說出大家的想法而已！」

「不，你不是，你只是在這裡炫耀你的高談闊論罷了！還有最粗野、最愚蠢……」哈利太太反駁道。

見哈利夫婦二人的爭吵一觸即發，古奇忙打斷他們的話：「好了，都別吵了，我不想惹麻煩，看來我最好還是告辭吧……」說完，他分開眾人，匆匆離去。

哈利不理會在場的人冰冷的目光，他舉起酒杯，大口大口地喝著馬爹利。真是受夠這女人了，受夠這群郊區的村夫了！明天到南部，見到小情人……

第二天黃昏後，天色漸晚，哈利已經來到了南部，他正走在前往情人住處的路上。一切都很稱心如意 —— 昨天的派對之

後，哈利夫婦終於大吵了一架，在爭吵中哈利使用激將法，終於讓妻子同意找律師，同意離婚。

哈利欣喜地暢想著，這意味著，不久以後，他就可以正大光明地和他的小情人交往了，到時候他們將住進一座漂亮的房子裡，再也不用過這種偷偷摸摸的生活。

一個穿黑衣的人從前面的巷子裡閃出來，擋在哈利面前。

他居然是古奇！

「你為什麼會在這裡？」哈利問。

「你太太派我來的。」

「難道她知道……」

「你的小情人？沒錯，幾個月前她就知道你在外面找了個情人；你不是很關心我的工作嗎？現在我告訴你，我在公司的名冊上登記的是機械工程師。不過，那只是個掩飾，我真實的身分是職業殺手。」

「你是黑社會的？」

「不錯，我是為一個公司服務，可最近經濟不景氣，生意也難做。昨天你忠告過我，要自己單幹。雖然我沒什麼推銷的本事，但好歹也找到了第一位客戶，那就是你的太太。我告訴她幹掉你的價碼是一萬元時，她覺得還算合理。那樣她就不用等著離婚，也不用分割財產了，她可以繼承你的每一分錢。於

是，我的第一單生意成交了……」

哈利張大了嘴，但他的聲音全被一聲槍響淹沒了……

患難夫妻 ————————————————

車裡，傑克和瓊兩人誰都沒有說話。

傑克緊緊地握著方向盤，猛地踩了一下剎車，將雪佛萊汽車慢慢地駛過 U 形轉彎處，瓊凝視著下面怪石嶙峋的峽谷，嚇得心驚膽顫。

她指著遙遠的天邊說：「這一切都是死的，只有老鷹在天空盤旋 —— 我們還要在這裡等多久？我簡直受不了了 ——」傑克打斷她說：「我們要等到我該說走的時候才能走，我知道這種事只有時間才能保證安全，但你卻不知道。」

「是啊，你總是那麼精明，精明到非幹掉那個看守不可，害得我們在這荒山野嶺裡蟄伏了這麼久。」

傑克的雙手握住方向盤。「可我弄到了十萬元，不是嗎？我想你一定很高興我一起花。」

「那得要逃得掉才行。」她看了看手中拿著的空汽油桶，「我對穿工作褲和採草莓簡直厭煩死了。」

「那總比判死刑被子彈打死要好。」

傑克繼續向前開，心中卻在暗想：「如果是我一個人單獨享

用那筆鉅款該有多好，誰用她在耳邊不停嘮叨、抱怨。再說，一個男人有了鉅款，誰還會稀罕這個黃臉婆？」

車開出兩里多的路後，總算從泥路爬上了高速公路。

路邊有一家破舊的雜貨店兼營汽油，還有一家商店。時間還早得很，和平時一樣，這裡沒有別的車輛。他計算的時間果然很準確，瓊沒有想到，可他想到了。

從店裡出來時，他拎了一大袋雜貨和一袋碎冰，在路邊的指示牌處停下看了一眼，上面寫的是「的本斯機場，七英哩」。

然後，他快步走向商店，向老闆要了一瓶波恩酒。

在店主給他拿酒的時候，他給機場打了個電話。接電話的是一位非常溫柔的女性，一點兒不像瓊那種凶巴巴的語氣。

「今晚十一點飛聖東安尼的機票？有的，我們還有一個空座。在三號窗口，請於十點四十五分之前購票。」

當他回到汽車上時，不由得笑了笑。明天，墨西哥，他就可以享受美女和美酒了。

瓊在路邊等待著，接過傑克手裡的冰袋和雜貨袋，說，「我想和你一起進去一次，就一次！」

「你應該知道警察正在尋找一個矮子和一個金髮女人。」

「那麼下次我不陪你來了。」

「隨便。」

傑克沒有說話，一直到那 U 字形轉彎處，他說：「這車有點兒怪聲，妳聽到了沒？」

　　她瞥了他一眼：「如果不是我一直在修理它，這車早就跑不動了，出去，我來開。」

　　他們換了座位，由瓊將車開到山上的一座破舊的小木屋前。

　　傑克去取酒，瓊拎著雜貨袋進了屋子。進門時，她狠狠地瞪了傑克一眼，傑克沒有注意。

　　吃完午飯，傑克回到臥室午睡。三點鐘醒來後，他決定實施他的計畫。

　　他拿山波恩酒，加進冰塊，調了兩杯瓊喜歡喝的那種，送到她眼前。他看她的臉色，明顯有些意外，但她沒有說什麼。

　　他們坐到屋後的長凳上，瓊微微彎著腰，一口一口地喝著酒，看著三里之外小鎮上停靠的火車。

　　傑克說：「他們一定停止搜查我們了，已經過去四個星期了。」

　　「他們永遠不會停止，」她說，「但再有兩個星期，我們也可搭乘那列火車。」

　　「我也希望如此。」說著，傑克伸手取過瓊手裡的空酒杯，進入了小屋。

　　「這次別給我倒那麼多了。」她在他身後喊道。

他獰笑著，反比先前倒得更多，然後把自己的那杯倒掉一大半。他把酒拿給她時，瓊說：「這是最後一杯了。」

正如他預料的那樣，她不會拒絕這幾杯酒，在喝過五六杯之後，她更是步履蹣跚地走到桌前，拿起了整瓶酒。

天黑時，她醉倒了。他搖她搖不醒，就讓她睡在長凳上，自己則走到裡面，挪開餐桌，拉開地板，拖出一個皮箱和一個圓形布袋。

他驚訝地看著那個小袋子，自言自語道：「為什麼她的行李會放在這？」

他把它提出來才明白，原來箱子早已經空了，瓊把錢放到了她的袋子裡。怪不得下次她不和他去雜貨店了，購貨的時間正是趕上九點鐘火車的時間。

他大笑著，把錢放回他的箱子。

刮好了鬍子後，他換上一身筆挺的西裝，將箱子扔在汽車的前座，發動汽車開始下山。

他興高采烈，其樂融融。

到了 U 字形轉彎處時，他猛地踩住剎車，臉色卻頓時蒼白起來。

汽車快速地向前駛去，衝出路面，凌空飛起……他尖叫著向下飛去。

懲罰　━━━━━━━━━━━━━━━━━━━━

這是個溫暖的初夏夜，刺鼻的菸味混雜在金銀花芬芳的香味中，顯得十分怪異。

小屋後面柳木花園的草坪中則熱鬧非凡，蟋蟀單調地吟唱著它的樂曲，樹蛙則拚命地吼叫著。

琳達和喬治一起，默默地坐在陰暗的門廊盡頭，他們沒有相互凝視，也沒有愛撫。他們只是在聆聽夜歌，並且已經聽了有一陣了。

最後，喬治終於開口，聲音輕得像在耳語：「琳達，妳在想什麼？」

「你真想知道嗎？」

「我不正在問妳嗎？」

「我在想我們一起做的那個完美的案子，」她輕聲說，「我在想湯姆。」

喬治沉默了許久，然後問她：「為什麼？」

「我們殺害他的那個晚上，和今夜一樣。」

「別用那個字眼！」

「這裡沒人聽見。」

「別用那個字眼，琳達，我們說好的，不用那個字眼。」

但她還在說著。「那是一個和今晚一樣的晚上，你記得嗎，喬治？」

「我怎能忘記？」

「那時我們真不該那麼頻繁見面，」她說，「如果我們小心一點，就不會被他當場抓住。但那是一個可愛的晚上……」

「聽著，琳達，」喬治說，「就算那晚我們不被撞見，可是被他發現也是早晚的事，我們掩蓋不了多久的。」

「那倒是。」

「一切都那麼順利……」喬治說，「那天晚上沒有人，我們的計畫成功了。」

「喬治！為什麼我們那時不一起私奔呢？在那天晚上之前，為什麼我們不乾脆到某個地方躲起來呢？」

「別傻了！」他說。「妳知道我沒有錢，我們能到哪去？」

「我不知道。」

「妳當然不知道。」

「假如湯姆沒那麼容易吃醋的話，」琳達說，「我可以請求跟他離婚，那樣事情就簡單多了，我們也就不會做那種事了。」

「可是，他的嫉妒心實在太強了，他這個傻瓜……可我不後悔發生的一切。」

「當時我也不後悔，」她說，「可是，現在……」

「你今晚怎麼了，琳達？你今晚很奇怪。」

「那晚和今晚很像……」這是她第三次說這句話了，「金銀花、菸、蟋蟀和樹蛙，就和今晚一模一樣，是不是，喬治。」

「別說傻話了。」

黑暗中，琳達輕輕地嘆了口氣：「喬治，我們為什麼要殺了他？我們為什麼要那麼做呢？」

「因為他發現了我們，所以我們才那麼做。妳為什麼要這麼問？」

「那時候，我們說因為我們在相愛。」

「是的，這是原因之一。」

「原因之一，」琳達重複著說，馬上又急促地笑了一聲，「那時候有這個原因就足夠了，有這個原因就什麼都可以做了。」

「琳達，妳為什麼這麼說？」喬治嚴肅地說，「我們完成了一樁完美的謀殺，琳達，那時妳也是這麼說的 —— 至今沒有人懷疑過，他們都認為那是意外。」

「是的，我知道，我知道他們的看法。」

「那麼，親愛的，妳怎麼了？」

琳達輕聲說道：「可是，喬治，那樣做值得嗎？」

「當然值得。我們能夠在一起，並且結了婚，難道不是嗎？」

「是的。」

「我們一直很幸福。」

「我想是這樣。」

「妳總是說妳很幸福。」

「你呢，喬治？」

「我當然也幸福。」

琳達沉默了。

遠處傳來犬吠聲，以及蟋蟀的合奏聲。

最後她說：「我真希望我們沒有做過那件事。」

「琳達，那是一次完美的謀殺。」

「是嗎，喬治？真的是嗎？」

「我認為是的。」

「以前我也這麼認為，但現在不這麼想了。」

「別這麼說。」

她長嘆了一聲：「喬治，我忍不住，我害怕，我已經這麼害怕了很久了。」

「沒有什麼可怕的，」喬治說，「我們不會被抓住，妳和我都不會。」

「我們都不會。」

「我們不會受到懲罰的，不是嗎？」

「我們不會嗎？」她輕輕地說。

「琳達 ——」

「沒有什麼完美的謀殺，喬治。」最後她說，「我知道，其實你現在也知道。」

「我不知道！」

「你知道的，你知道的……就和我知道一樣，我們心底深處，從一開始就都知道。我們不是沒有受到懲罰，喬治，而且到現在也沒有罰夠 不過很快就要結束了。」

於是他們沉默著坐在一起，無話可說。

金銀花濃郁的香味溢在他們周圍，蟋蟀的夜歌幾乎震破他們的耳膜。

他們彼此沒有看著，也沒有靠著，只是默默地，坐在陰暗的門廊盡頭，回憶……等候……

琳達和喬治就這麼坐著，他們一個七十九，一個八十一了。五十年前，他們做了那樁完美的謀殺案。

報復

今晚，我要報復。

為了這天，我已經等了二十五年。二十五年來，我心中無時無刻不充滿著恨意。今晚，就是我一雪前仇的時機。

說實話，我不知道萊麗看中了我什麼，也許是我的幽默感吧。我長得不英俊，也沒有錢，只是有點聰明，但卻不足以讓我在人前炫耀。

我曾當過兵，去過歐洲和太平洋，可是幾年下來並沒有什麼了不起的經歷。

也許就是我的幽默感，令我得以在每個週末都能和漂亮女孩們約會。平常閒暇的時候，我身邊也不缺乏伴侶。

女孩子們說，我很有趣。

我喜歡笑，直到現在也是這樣。笑是一種世界語言，是聯結各種族、各階級、各宗教的鏈子，也是醫療不開心的最好藥劑。

總之，也許我的笑吸引到了萊麗，而她原本可以隨心所欲挑選任何男人的。

　　她那麼漂亮，一頭柔軟的頭髮披在雪白的肩膀上，一張大理石般光滑細膩的臉，修長纖細的指頭，指甲修理得如珍珠般美麗 —— 她分明就是個女神。

　　那一次，我在舞會上認識了她，而當時我是帶著別的女伴的，萊麗也是跟隨另一位男士前來。而在離開的時候，則是我跟萊麗走在一起。

　　就在我們訂婚三個月後，戴維森闖進了我們的生活。說得更確切些，他其實是「跛」進來的 —— 他的腳中了納粹的霰彈，由此戴上了紫星勳章，一張英俊整潔的臉上蓄著漂亮的八字鬍。

　　他聰明而狡黠。

　　星期天上午在教堂，他第一次接近我們。在牧師布道、唱完詩歌之後，戴維森向我們作了自我介紹，說新來此地，邀請我們第二天去他家吃晚飯。

　　馬上，我便感覺不妙。但是在教堂裡，我不能說什麼，更不能做什麼，因為萊麗表現得非常熱情。

　　於是第二天晚上，我們來到他家 —— 只有我們三個人，沒有別的女孩。

　　戴維森的意圖很明顯。他英俊而充滿活力，對萊麗一見鍾情。我努力裝出一副寬宏大度的樣子……可是，沒有用，事情

的發展就跟我沒有在場是一樣的。

萊麗非常高興。戴維森雖然並不比我富有，但是他卻想辦法，在桌子上擺出我從沒有吃過的食物和從來沒聽說過的酒。

我胸中交織起一張恐懼和憎恨的網，把我困得憂鬱不堪。當時，我根本吃不下任何東西，但萊麗卻吃得興高采烈，完全忘記了她身邊我這個未婚夫。

飯後不久，我們提出告辭，因為第二天我還得上班，我說我要早點休息。戴維森說，如果萊麗想多坐一會兒，回頭他可以送她回家。

她看看我，眼神告訴我顯然她已經同意了。我很不高興地，並且沒有掩飾地說：「這樣不好。」說著便拉她離開了。

兩天後，她又說起和戴維森吃晚飯的事，但這次卻沒有邀請我。我內心的嫉妒開始轉變成憎恨。

那個週末，萊麗藉口頭疼取消了和我的約會。稍晚的時候，我打電話給她，想問問她頭疼是否好些，結果卻發現她根本不在家。

我是喜歡開朗大笑的人，然而……幾個星期後，他們一起來看我，萊麗將我給她的訂婚戒指還給我，然後說她就要和戴維森結婚了。這時候我勉強大笑了一聲，說我不會介意，並且站起來與戴維森熱烈握手，一問他們需要我做什麼。

戴維森說，他在這裡人生地不熟，而我是他唯一的朋友，所以能不能⋯⋯

我壓下心中怒火，接受了戴維森給我的這項「榮譽」使命。

接下來的一個星期，在他和萊麗結婚時，我應邀站在了他身邊，做他的伴郎。結婚儀式上，我始終保持著笑容可掬的樣子，給他遞戒指，親吻他的新娘。但事實上我的心就要爆炸了。

婚宴非常豐盛可口，那是戴維森親自挑選的菜。我看到萊麗笑著咬了一口戴維森遞給她的蛋糕，然後心中生出一個想法，一個聰明的主意。我要報復，戴維森偷走了她，偷走了萊麗 ── 我的萊麗！因此我要報復！

在我向快樂的新婚夫妻撒米時，我敢保證，我的笑聲是真誠的。我笑著看他們走下我們相逢時的教堂臺階，走進汽車，離開。是的，我已經在報復了，只是⋯⋯

今晚，就是今晚。

多年來，我始終保持和他們交往，現在我是他們的朋友，是他們家的常客。每當他們邀我吃飯時，我就帶著我為他們準備的禮物，蛋糕和巧克力。

我很關心萊麗，鼓勵她吃，親眼看著我報復的種子萌芽，成長，開花，結果。

是的，今晚，就在今晚。時機成熟了⋯⋯

我探過身，拍了拍戴維森的肩膀，他抬起一頭白髮滿是皺紋的臉，不解地看著我。我指了指坐在房間對面的萊麗 —— 她現在已經不復當年的漂亮，相反，她圓滾滾的身體足有兩百多磅重，皮膚也軟塌塌的，面孔又紅又粗，雙手粗糙，上面有許多裂縫……

　　我放聲大笑，然後我輕聲問他：「你想不到她會變成一個汽油桶吧？」

　　戴維森瞪著我，他又妒又恨又悔。他知道，我太太嬌小玲瓏，年輕美豔。

無名火起 ─────────────

「現在，亨利太太，請盡可能為我們詳細地描述一下，到底是怎樣一連串的事導致了，呃，促成了這個悲劇？」

「是的，法官大人。」亨利太太說，「我想第一件事是發生在星期天晚上。那天我們舉行了一場宴會，為此我們買了很多新出的昂貴唱片，想讓大家一起聽聽音樂、跳跳舞，盡興地玩一場。可是在宴會開始以前，唱片機出了毛病，放出來的搖滾樂成了難聽的噪音。

我丈夫馬上打電話找維修人員，希望他們立刻過來看看能不能把它修好，可是他們說要到星期一上午才能來修。於是宴會的氣氛便被這些噪音弄得低落起來。我們只準備了音樂，宴會唯一的娛樂就是那些唱片了，結果音樂出了問題，客人們便紛紛離開。首先是我丈夫的老闆夫婦，他們的離開令我們十分尷尬，他們倆是這次宴會我們邀請的主要客人，為了宴會我們在唱片上花了不少錢。

然後到了星期一上午的時候，烤麵包機也出了問題。開始我沒注意，直到我聞到有一股烤焦的味道，才發現原來是它的問題。麵包烤熟後應該自動跳出來，可是卻始終沒有。我丈夫

確實喜歡吃焦一點的麵包，但不是那種焦的。所以我又試著烤了兩次，結果還是一樣，麵包根本跳出來。最後我只好放棄。家裡沒有多餘的麵包了，我不想讓我丈夫因為這個就吃不上早餐，所以比平時早一些開車送他去上班，然後在他辦公室附近的一家飯店吃的早餐。

可是就在我開車回家的途中，只開了一下子汽車發動機就出了毛病，汽車開始冒煙，撲撲直響，幾乎開不動了。最後，我好不容易送它去了一家修理廠，一個修理工掀開車頭蓋，敲了下聽了聽，最後對我說，汽車零件沒有調和好，說什麼油箱裡的浮漂堵住了，或爆裂了，所以我最好叫一輛計程車回家，因為車要到下午或第二天，或者第三天才能夠修好。

回到家，我才發現我把要修的烤麵包機忘在汽車裡了，還忘了買一條麵包回來。所以我去找鄰居瑪麗 —— 在她那裡吃午飯，然後和她聊聊遭遇的一連串不如意的事，什麼唱片機只出噪音，烤麵包機不會自動跳出，還有汽車發動機的毛病，以及工人對我說的什麼浮漂爆裂或阻塞之類的問題。瑪麗說她不知道汽車裡有什麼浮漂，她只知道釣魚的時候才會用到浮漂。也許潛水艇會用到，可是不知道汽車要用浮漂幹什麼，除非是裝上它防止讓汽車在涉水時沉下去。她還不明白為什麼一個爆裂的浮漂，會讓汽車冒煙，還發出聲響。

她說，汽車修理工和別的修理工，總是騙我們女人說一些

怪名詞，讓人聽不懂，再狠狠敲一筆錢。有時候沒有毛病，他也說有毛病，然後要修，可是真有毛病的他就不修了。有一次，她家冰箱出了問題，找來一個修理工，告訴她毛病出在熱圈上。她說她覺得像受到了侮辱，因為她確信自己一點也不笨，知道冰箱裡不會用到熱圈，因為冰箱是要保持低溫而不是高溫，不像爐子那些。可是修理工摸索了半天就要收她八十八元五角，可能根本就沒修理什麼。這就像有些醫生，把小毛病說成大毛病，然後收你好多錢。有個醫生告訴她叔叔，說他患有嚴重的膽結石，非開刀不可，可是開刀後取出的石頭，肉眼幾乎看不見，但收取的費用卻可以買比那塊石頭大六倍的鑽石。

　　法官大人，可以想像我離開瑪麗家時的心情。回到家，我開啟電視機，想看我最喜歡的節目，我要看愛麗絲是不是流產了，鮑比是不是發現了自己的弟弟就是自己兒子父親的事實，小彼得要變女孩或男孩……結果，我開啟電視，看到銀幕一直在跳躍──」

　　「跳躍？」

　　「是的，法官大人。我們家的電視機經常出問題，但像這樣猛跳還是第一次。我坐在那裡發呆，越想越生氣，因為修理這麼多東西要花很多錢，會弄得我們手頭緊張的。這時有人敲門，原來是來修唱片機的人。他一看到電視機猛跳的樣子，就走過去扭了一下一個小鈕，螢幕立刻清楚了。他告訴我毛病出

在垂直控制上。正像瑪麗說的那樣，修理工就想騙不懂機械的女人，為了多敲一點錢。他就是那樣的，我能不讓他得逞，因為我知道垂直表示上下，而他並沒有修什麼上下的問題，只是扭了一下那個小鈕。然後他走到唱片機前，開啟它聽了聽，然後又關掉，拿出工具，遞給我一把榔頭要我替他拿著。然後他開始拆唱片機，就像醫生對病人進行大手術一樣，只是為了多賺一點錢。當他把東西全部拆下來後，他說──」亨利太太停頓了一下。

「是的，亨利太太，請說下去。那人說什麼？」

「你不會相信的法官大人，他說我們家唱片機的低音大喇叭爆音了，小喇叭的高聲線鬆了，然後，然後──」

「然後你就──」

「是的，法官大人，當時我無名火起，把他遞給我的榔頭舉起來，然後狠狠砸在他頭上。」

賈丁舅舅 —————————————

他叫安森。很久以前人們曾經熟知這個名字,但現在這個名字卻毫無意義。在經歷了那些痛苦的歲月之後,他忘記了很多往事。

有一天在公園,他第一次發現有人在注視著他。當時他坐在長凳上,悠閒地啜著一小瓶白酒,喝得醉醺醺。

朦朧中,他感覺有一對年輕男女在留心他的一舉一動。他們就坐在一棵橡樹下吃著三明治,絲毫不掩飾對他的興趣。但他們幾分鐘後便離開了。

可是從那開始,安森知道自己被人監視、跟蹤了,監視他的人就是那對年輕男女。他猜他們大約有二十多歲,他在街上、公園裡、骯髒的住處外面,都曾看到過他們。

有一次在公園裡,他當時醉得很屬害,他們還偷拍了他的照片。

這種被人跟蹤的情形,持續了將近一個月。

九月的一天,這對年輕男女終於走進他的屋了裡。

他們穿著昂貴的衣服,修飾得整齊乾淨,令他想到以前養

過的一對白兔。

他問他們：「你們找我有什麼事？」

女人說：「我叫琪亞，這是我哥哥達西，我們知道你叫安森，也知道你一個人孤零零的，沒有親人……」

安森看了看他們，他不喜歡達西，卻很喜歡琪亞，她長得很甜美，又健康活潑，而且還很善解人意。

女孩繼續說道：「我們願意照顧你。你會有一個新名字，有體面的衣服、豐富的食物，還有一個好一點的住處。」

「是的，」達西說，「還有，你能得到好酒，而不是那種劣等威士忌。」

女孩說：「你什麼都不用愁，只要住在那裡，僅此而已。」

「這不會是個圈套吧？」他說。以他多年浪跡街頭的經驗，天上從來不會掉餡餅。

「絕不是圈套，但我們有一個條件。」女孩笑著對他說。

「說吧，什麼條件。」安森說著，拿起酒瓶猛喝了一口。

「好的，」女孩說道，「你今年五十三歲，安森先生，你讀過兩年大學，在你清醒的時候，你講標準的英語，你去過世界各地的很多地方，你曾在商船上服務，你不是一個……一個……」

「廢物。」

她嘆了口氣繼續說道：「我們兩人很小就父母雙亡，和姨媽諾瑪生活在一起。她有個弟弟名叫買丁，在二十年前失蹤了，他只寫過兩封信給她。現在我們的姨媽正病得奄奄一息，不停地喊她弟弟的名字。醫生認為如果他能出現的話，對她的病情會有很大幫助。我們認為買丁早已死去，可我們想幫助姨媽，所以我們對她說，我們聘請偵探找到了她弟弟。剩下的你猜想得出來吧？」

　　「我是買丁。」

　　「是的，你是諾瑪姨媽的弟弟，你和他長得很像。另外，姨媽去世後，你或者繼續留下來和我們住在一起，或者你離開我們，我們會付給你一大筆錢。不論哪一條你都不會吃虧。」

　　達西說：「你只要陪著姨媽聊天就行了。」

　　安森醉眼矓矓地看著他們，他並不關心他們剛才提出的條件，只知道這是個機會，而這機會的出現則完全出乎意外。

　　女孩急切地問：「安森先生，你願意接受我們的提議嗎？」

　　「試試吧，」他說，「我想我會讓她滿意的。」

　　琪亞對達西微笑著，而她哥哥則皺起了眉。

　　他們帶他去洗了蒸汽浴，然後給他換了一套乾淨的內衣褲，還有一身嶄新的昂貴西裝。

　　在一家酒店，他們請他喝威士忌。他欣賞著酒店裡昏暗的

燈光，柔和的音樂，以及冰塊碰撞玻璃杯的清脆響聲。他覺得
自己熟悉這種環境。

達西和琪亞告訴他一些一定要記住的事情。琪亞說：「姨媽
會相信你就是買丁舅舅，不用擔心。從今天起你就叫買丁。今
晚我們開始練習簽名。」

「簽名？」安森問。

「是的，你有一本銀行存摺，你要用買丁舅舅的名字來簽。
這或許是違法的，可我想你可以辦得到。你不會介意的，是
嗎？」

然後他們驅車回家，三個人坐在寬敞而舒適的凱迪拉克汽
車裡。

「當然，琪亞，」他說，「我會做到的。」

他覺得有一種多年來沒有體驗過的滿足感。

他和諾瑪姨媽的會面很順利，比預期的還要好。她顯得很
興奮，但很明顯，她已經奄奄一息，時日無多了。

她說：「現在我總算可以瞑目了，買丁，你已經回到自己的
家。我走了之後，你要照顧這兩個好外甥、外甥女，這些年來
他們對我太好了。」

「別這麼說，姐姐，」安森說，「你還要和我們過很長的日子
呢。」

「你還喝酒嗎，賈丁？」

「嗯，偶爾喝一點。」

諾瑪姨媽嘆了口氣說：「我永遠忘不了你第一次喝酒的樣子，你還記得嗎，賈丁，那時你和我在一起？」

他不知該如何回答，因為他們沒有告訴他賈丁的過去。但琪亞很機靈，立刻替他解了圍。

「姨媽，該吃藥了，現在要休息，不能講話。既然舅舅已經回來，他不會再離開了，你可以每天都看見他，你們有的是時間回憶過去。」

他們讓裁縫給他做了不少衣服，還給他買了一輛他喜歡的勝利牌轎車。現在，他不怎麼酗酒了，因為有更新鮮、美妙的刺激。他神采奕奕，容光煥發，每件事都那麼稱心如意。

現在，他享受世界上最美味可口的食物，最完美的照顧。房屋本身是幢大廈，占地十五畝。家裡還請了廚師、園丁和女傭。

他有自己的一套房間，每天在黑色大理石砌成的浴缸裡洗兩次澡，浴缸水龍頭也鍍了金。不錯，這地方是有一種正在中落的氣氛，但他認為這是上流社會普遍存在的情形。

他是賈丁，有銀行存款，有和睦的親戚，還有一個奄奄一息的姐姐。

然而一個半月後，諾瑪姨媽仍然活著，不忍離開人世。

安森對目前的生活雖然沒有真正懷疑過什麼，但潛意識裡始終在防備著。

一天夜裡，兄妹倆來到他的房間。他被腳步聲驚醒，開啟檯燈。

「賈丁舅舅。」

達西持槍站在床腳，琪亞站在他身邊。兄妹倆都穿著睡衣。

他問：「什麼事？」

琪亞嘆了一口氣，沒說什麼，達西則清了清喉嚨。

「賈丁舅舅，你終於回到自己的家了，」達西說，「對於你的回歸，報紙曾大肆渲染並給予祝賀，你也習慣了這裡的生活。但是現在，這些全過去了。」

「琪亞，」他繼續說，「你去打破陽臺上那扇窗戶，然後開啟落地門。」

她按照哥哥的吩咐，用一把梳子敲破窗戶，然後開啟門閂。門開了，三分鐘熱風吹進來掀動窗簾。

「我不懂。」安森說。

「那好，讓我來告訴您老人家 ── 」達西說，他手握左輪手槍，穩穩地對著躺在床上的安森，「賈丁舅舅失蹤時是個非常富

有的人，經過這麼多年，他留下來的產業越來越值錢，財產也越來越多。你還記得一週前給你簽的那些檔案吧？那是銀行要你證明立場的檔案，這幢大房子和其他大筆產業，都是外公留下來的。不錯，諾瑪姨媽也有一些，但是她名下的大部分都花掉了，你明白了嗎？」

「我明白。」

「你不明白，但是你就會明白了。賈丁舅舅在失蹤之前立了遺囑，將所有的錢都留給琪亞和我，只有一小部分留給諾瑪姨媽。但是他的死亡必須經過證明之後，我們才能接受財產。」

達西搖搖頭，繼續往下說道：「你是一個好老頭，我不願意做這種事，但不得不做。我要殺了你，然後報警說是竊賊闖進來做的好事，這樣你的遺囑就會生效了。諾瑪姨媽可能會因驚嚇過度致死，那樣更好，因為一切就歸我和琪亞兩人所有了。」

琪亞嘆口氣說：「賈丁舅舅，我真抱歉。」

「是的，」安森說，「我是賈丁舅舅。不錯，你們是我的親人，我打算一直保持這種關係……」說著，他從被單下向達西開了一槍。

兩個星期以來，他一直把槍留在手邊。他不知道自己為何購買手槍，但他覺得這樣好一些，現在，他知道了一切。

達西倒在地上死了。琪亞跑過去要撿哥哥的手槍，但是安

森手腳比她快,搶先把槍拿在手中。

「現在,琪亞,」他說,「去向姨媽解釋發生了什麼,我去打電話報警。家裡來了竊賊,向達西開槍後從陽臺溜了,只扔下了槍。明白嗎?」

安森用睡衣小心地擦拭了一遍黑色手槍,然後扔在地上。

「我想我們會一起生活得很快樂的,琪亞。」說著,他輕輕拍了拍她的手臂,「自從我回來以後,我已經習慣了和家人生活在一起。」

頭顱的價格 ————————————

　　克里斯托弗‧亞歷山大‧帕內特是個窮光蛋，他的全部財產只有兩樣：一個是他的名字，另一個是他身上穿的棉布衣服。

　　帕內特像珍惜名字一樣珍惜他的衣服。因為在白天，這件衣服穿在身上可以為他遮羞，到了晚上，這件衣服還能夠為他禦寒。除此之外，他剩下的恐怕只有酒癮和一副紅色的絡腮鬍子了。

　　對了，他還有一個朋友 —— 在商船上做苦力的卡萊卡。

　　在如今這個年代，友誼可謂是一種稀缺商品，就算在民風純樸的波利尼西亞群島上也是如此。生活在這裡的人，只有具備某種與眾不同的品格，他才可能擁有友誼，比方說，要麼是強壯、幽默；要麼是狡詐、邪惡。總之，這個人得有一種特別之處，才會得到朋友的欣賞。

　　那麼，一無所有的帕內特究竟是憑什麼贏得了卡萊卡的友誼呢？這對福浮堤海灘的居民來說，始終是個謎。

　　在福浮堤海灘，帕內特以性情溫和而著名，他從不會和別人吵架，更不會跟人揮拳動粗。在這裡，白人的地位高出當地

土著居民一等，但身為白人的帕內特卻絕不會欺負任何土著居民。帕內特只罵過一個人，那是一個賣糖果的混血兒，因為他經常故意把變質的糖果兜售給帕內特。但即便如此，帕內特也只是罵兩句而已，若是換了其他人，恐怕早就拳腳相向了。

除了脾氣好之外，帕內特似乎就沒有什麼明顯的優點了。長期貧困潦倒的生活已經讓他熱情不再，甚至連乞討也不會了。他蹲坐在路邊乞討時，既不對路人報以微笑，也不唱歌跳舞，哪怕是裝出一點可憐相博取同情也不會。像帕內特這樣的人，要是放在世界的其他地方，即使不被餓死，恐怕也早被人欺負而死了。但命運偏偏讓他漂泊到這個充滿友善的海灘，甚至還賜給他一個好朋友。於是，他天天什麼也不幹，只是捧著酒瓶喝得爛醉如泥，活像泡在酒精裡的一堆軟乎乎的肉。

帕內特的朋友卡萊卡是一個土著人，他個頭矮小，眼窩深陷，頭髮好似刷子一樣，鼻子上還穿著個銅環，喜歡在腰上圍一塊棉布，平時總是面無表情。卡萊卡是一個異教徒；據說在他的家鄉，至今仍保留著吃人肉的風俗，那裡的人還會把吃剩下的人肉熏製成肉乾儲存起來，以備不時之需。

不過，在福浮堤海灘，卡萊卡和所有苦力一樣，勤快能幹，不苟言笑。

聽說卡萊卡是被他的酋長帶到福浮堤的貿易公司做苦力

的。酋長替他簽了三年合約，待合約期滿之後，貿易公司就會與他解約，然後再把他送回到八百英哩外的家鄉，到那時，他將一分錢也得不到，因為狡猾的酋長已經把本屬於他的薪資給私吞了。

對於福浮堤海灘當地的居民來說，做苦力的黑人們總是顯得非常神祕，讓人不可捉摸，但卡萊卡卻能與一文不名的帕內特結下深厚的友誼，這著實讓福浮堤的居民感到驚訝。

這天，卡萊卡正沿著海灘走著，那個賣糖果的混血兒看見他，就衝他叫道：「嘿，卡萊卡！你最好把你的醉鬼朋友從雜貨店帶回家去吧，他又喝多了。」

卡萊卡快步來到雜貨店，看見帕內特果然喝得酩酊大醉，倒在店門口，店老闆莫‧傑克正站在門檻上冷冷地看著他。看到卡萊卡，莫‧傑克說：「你幹嘛便宜這個醉鬼？還不如把你的珍珠賣給我，我給你菸草，怎麼樣？」

原來，卡萊卡經常把從珊瑚礁的珍珠貝裡弄出的珍珠送給帕內特，而帕內特就用這些珍珠與莫‧傑克換酒喝。久而久之，莫‧傑克心裡就開始打起了小算盤──如果用菸草直接和卡萊卡交易會更划算。然而，他這種直接用菸草交換珍珠的願望被卡萊卡婉拒了。

莫‧傑克有些不解和惱火，他說：「帕內特是個狗屁不如的

醉鬼，你為什麼非要把珍珠給他？他天天喝醉，遲早是要喝死的！」

卡萊卡沒吭聲，只是默默地背起帕內特向他的家走去。

帕內特的家只是一個簡陋的小草棚。卡萊卡小心翼翼地將醉得不省人事的帕內特放在草蓆上，把他的頭用枕頭墊起來，並打來一盆清水，幫他把嘴角和鬍子上的髒東西洗掉。帕內特的鬍子真漂亮！在陽光的照耀下，反射著紅銅般的光。卡萊卡又細心地用梳子幫帕內特把鬍子梳理好，然後就坐在一旁，搖著扇子替他驅趕飛來飛去的蒼蠅。

不知不覺，已經是午後一點鐘了。卡萊卡似乎突然想到了什麼，他跑出草棚，站在外面的空地上仰望天空。這幾個星期以來，卡萊卡一直密切關注著天氣的變化，他知道，用不了一兩天，海面上就會颳起強烈的信風，那意味著適合航海的季節就要到來了。

在這個炎熱的午後，整個福浮堤海灘都彷彿陷入了昏昏欲睡之中。酒吧的侍者趴在陽臺上打著呼嚕；貿易公司的經理則躺在吊床上做著美夢 —— 貨船將大堆的椰子肉運走，換來大把大把的鈔票；雜貨店老闆莫‧傑克也伏在櫃檯上打瞌睡，這麼熱的天，沒有人來買東西。也許整個福浮堤海灘只有一個人是清醒的，他就是卡萊卡這個精力旺盛的黑人幾乎從不午睡，他

就像一個無聲無息的幽靈，不停地在忙著自己的事情。

卡萊卡悄悄溜到了碼頭的倉庫，在他的手裡正攥著偷來的倉庫鑰匙 —— 這一計畫他早在很久以前就開始謀劃了。

卡萊卡用鑰匙開啟倉庫門，從儲物箱裡拿了三匹土耳其紅布、兩把刀、兩桶菸葉、一把鋒利的斧頭以及許多食物，雖然箱子裡還有不少好東西，但他絕不是那種貪得無厭的人。

隨後，他來到存放武器的櫃子前，用斧頭劈開櫃門，拿了一支溫切斯特牌步槍以及一大盒子彈。緊接著，他又跑到一旁的船棚，抄起斧子將裡面停放的一條夫船和兩隻小木船的底鑿了幾個窟窿，這樣一來，它們就無法下水了。他一邊賣力地鑿著，一邊讚嘆那把斧頭的鋒利：「用這樣的斧頭幹活才能體驗到樂趣！」

幹完這一切，卡萊卡就背上偷來的東西跑到海灘上。海邊停著一條大獨木舟，船頭和船尾高高地翹起，猶如一彎新月。幾個月前，它被海風吹到了岸邊，貿易公司的經理見這是一艘無主的船，便據為己有，並命令卡萊卡把它修好。現在，卡萊卡把他偷來的東西裝到船上，然後用盡全力將這條船推進海中。

在船上，卡萊卡仔細盤點著他裝的食物，有稻米、馬鈴薯，還有三大桶可可豆和一盒餅乾，此外還有一大桶水。當時，他在倉庫裡還找到了十二瓶價格不菲的愛爾蘭白蘭地，但

他考慮到獨木舟的負重有限，最後只好忍痛放棄了。

當這一切都準備停當之後，卡萊卡又跑回到帕內特的小草棚。「夥計，快醒醒，跟我走！」他使勁搖晃著帕內特。

帕內特坐了起來，他醉眼朦朧地看了卡萊卡一眼，嘟嘟囔囔說：「這麼晚了，酒吧也打烊了，明天再喝吧，我現在要睡覺了。」說完，他又像根木頭似的倒在床上，昏昏睡去。

「帕內特，別睡了。」卡萊卡還是不停地搖晃著帕內特，「你看這是什麼？你的蘭姆酒來了！」

卡萊卡想用蘭姆酒喚起帕內特的精神，要是在平時，帕內特肯定會一骨碌就爬起來，是這次卻不靈了，帕內特就像失去了知覺一樣，一動也不動。卡萊卡沒有辦法，只好將帕內特扛到肩膀上，要知道，這個傢伙足足有二百五十磅！而卡萊卡還不足一百磅，但這個小個子黑人仍然靈巧地扛著他向海邊的獨木舟走去。

卡萊卡將帕內特小心地放在獨木舟裡，然後解開纜繩，划起了船槳。

沒有人看見他們離開，因為福浮堤海灘的居民們還沉睡在夢鄉。當貿易公司的經理醒來發現貨物被竊，卡萊卡又不知去向時，獨木舟早已載著他們消失在茫茫的大海裡了。

駕船出海第一天，卡萊卡努力操縱著獨木舟，讓船順著風向

前進。獨木舟上沒有帆，他就用草蓆充當風帆；獨木舟上沒有指南針，他就憑藉太陽的方位來判斷方向。在茫茫無際的大海，有時風浪很大：稍有不慎海水便會灌進船中，卡萊卡不得不一次次用水瓢將海水舀出。就這樣，獨木舟在大海中艱難地前進著。

第二天清晨，帕內特慢慢睜開了眼睛，他吃力地撐著坐了起來：看見卡萊卡蹲在船尾，正在用水瓢向外舀水，他叫了一聲：「給我來點酒！」

「別喊了，這裡連一滴酒都沒有。」卡萊卡搖搖頭說。

「給我酒，給我一點酒，就一點！」帕內特不斷地哀求著，眼中閃出渴求的目光。最後他喊累了，又迷迷糊糊地昏睡了過去。

在接下來的兩天裡，帕內特一直這樣神志不清，有時候還說幾句胡話。

直到第四天，他才清醒過來。由於連續幾天水米未進，他的身體虛弱不堪。卡萊卡給他端來了一杯東西，帕內特以為是白蘭地，急忙接過來一飲而盡，可喝下去後他才發現原來是可可奶。於是，他又衝著卡萊卡嚷嚷起來：「我就喜歡蘭姆酒，給我蘭姆酒！」

卡萊卡默不做聲。四周除了風和海浪的呼嘯聲外，也沒有人回答他。帕內特急忙四下打量，這才發現自己居然在大海之

中顛簸，他頓時慌了神：「這是哪兒？我怎麼在這裡？」

「風，」卡萊卡說，「是風把我們進到這裡來的。」

「什麼？」帕內特似乎還沒完全明白卡萊卡的話，或許還以為自己是釣魚時迷了路。他常年飲酒，如今突然喝不到酒了，大腦反倒不太清醒了。他開始變得焦躁起來，雙手扒住船舷，嚷著鬧著要回家。他哪裡知道，自己現在已經身在數百公里外的大海中了。

卡萊卡沒有辦法，只好用繩子把帕內特捆在船板上。海面變得平靜起來，船輕快地在海面上滑行。卡萊卡小心地照料著手腳被綁的帕內特，時而潑點海水在他頭上，為他降溫；時而餵他幾口可可奶。此外，每天還為他梳理兩次鬍鬚。

又過了幾天，帕內特的神志漸漸恢復了正常。在卡萊卡的悉心照料下，他破天荒地戒斷了酒癮，臉色也變得正常起來，不再像以前那樣，臉色就像腐爛的海藻似的。

卡萊卡操縱著獨木舟，繼續航行在大海上。如果湊巧遇到小島嶼，卡萊卡就登上岸，生起一堆火，用鍋煮米飯和馬鈴薯，改善一下夥食，但這是要冒很大風險的。有一次，他們被一個小島上住著的白人發現了，有兩個白人划著小艇追趕他們的獨木舟。卡萊卡知道，作為逃亡黑奴，如果被抓到則必死無疑，所以他毫不猶豫地用步槍射擊，打死了其中一個白人，但

是他們的獨木舟也被對方的子彈擊穿了。

「快，我這邊有個彈孔，水正在向船裡湧，快把它堵上！」帕內特叫道。

卡萊卡趕緊將捆綁帕內特的繩子解開，然後把那個彈孔堵上。帕內特得到了自由，他伸了伸手臂，好奇地東張西望，「喂，我們航行多久了？你要把我帶到哪兒去？」他問道。

「芭比。」卡萊卡回答說。這是他家鄉的土語叫法。

「啊？」帕內特不由得驚呼了一聲。他知道，卡萊卡的家鄉距離福浮堤海灘有八百英哩。乘這種沒有帆、沒有篷的獨木舟在海上航行八百英哩絕非易事！他不由得對自己的這位朋友肅然起敬：這個黑人小個子真了不起！

「好吧，去你的家鄉住些日子也好。」帕內特說。

最初的時候，帕內特的身體還非常虛弱，卡萊卡就經常給他吃可可豆和甜馬鈴薯，漸漸地，他開始恢復了力氣和神志，尤其是當他逐漸脫離了酒精的麻醉和毒害之後，對福浮堤的記憶也慢慢地淡化了。就這樣，一個土著和一個剛剛戒掉酒癮的酒鬼，共同操縱著獨木舟向芭比駛去。

到了第三週，帕內特注意到卡萊卡開始變得有氣無力，原來他已經一天沒吃東西了——他們的食物吃光了。

「嘿！朋友，你把最後的可可豆都給我吃了。」他喊道，「你

怎麼不為自己留點兒？」

「我不愛吃那東西。」卡萊卡用微弱的聲音說。

沒有了食物，獨木舟上的兩個水手一下子陷入了困境。帕內特一動不動地坐在船裡，回憶著他過去的那些荒唐往事。雖然這種回憶是一件無比痛苦和慚愧的事，但只有這樣，他才會暫時忘記飢餓。

到了第二十九天，船上任何能吃的東西幾乎都被他們吃掉了。卡萊卡找到最後一點兒可可豆的殼，將其泡在水裡，然後讓帕內特連殼帶水喝下去了。又過了兩天，船上的淡水也告罄了。卡萊卡忍著飢渴，用刀把水桶板上的最後一點兒水刮到刀刃上，滴進帕內特的喉嚨裡。

到了第三十三天，由於沒有食物和淡水，他們兩人就快要支撐不住了，然而禍不單行，此時天色也漸漸地變了，空氣中瀰漫著一股暴風雨即將襲來的味道。卡萊卡和帕內特別無選擇，只能拚盡最後的氣力向前划。就在這時，他們看見遠方的水平線上出現了一個綠色的小點，那是一座小島。他們把所有東西都用繩索固定綁在船上，然後集中力量划槳。最後，就在他們剛剛抵達小島，爬上海岸的時候，風暴來了。

卡萊卡和帕內特逃過一劫，終於可以鬆一口氣了，而且這座小島上有豐富的食物和充沛的淡水。

算下來，他們已經航行了七百多英哩。像這樣一隻沒有指南針、沒有風帆、沒有航海圖的獨木舟，居然能航行這麼遠，真可謂是一個奇蹟。

他們在這個小島上休整了一個星期。在島上無窮無盡的可可豆的滋養下，原本瘦成皮包骨頭的帕內特終於恢復了元氣。卡萊卡也沒閒著，他在忙著修理那艘獨木舟，由於長期的航行，船底漏水嚴重。不過，他們終於快要結束這艱難的旅程了，因為海峽的對面，就是卡萊卡的家鄉了。

「對面就是芭比嗎？」帕內特問。

「是的。」卡萊卡回答。

「上帝啊，太棒了！」帕內特興奮地大叫道，「大英帝國管轄範圍只能到這裡了，過了海峽，他們就再也管不著我們了！」

卡萊卡當然更清楚這一點。他是個天不怕地不怕的人，但是他唯獨害怕斐濟高等法庭的治安法官，因為那裡的治安法官對黑奴享有生殺予奪的大權。在眼下的地方，他如果被抓住，還會因盜竊而被起訴，但如果過了海峽，到了對岸，他就可以為所欲為，而不會受到任何懲罰了。

至於帕內特，這個曾經不修邊幅、嗜酒如命的酒鬼，如今也好像脫胎換骨一般，不僅身上乾乾淨淨，服裝整潔，似乎連靈魂也被洗刷乾淨了，在溼潤的空氣和溫暖的陽光下，他重

新充滿了活力，當卡萊卡修船時，他還能站在旁邊搭把手，閒暇的時候，他在沙灘上或者挖坑玩，或者欣賞小貝殼的古怪花紋，或者漫步、唱歌，這時他才彷彿注意到，原來生活中有這麼多可愛之處。

然而，還有一個問題令帕內特感到迷惑不解，他想：「卡萊卡的葫蘆裡到底賣的是什麼藥？他千辛萬苦地把自己帶到他的家鄉，難道就是為了友誼？對！一定是這樣的。」想到這裡，他內心又感到釋然了，於是將頭轉向那個喜歡沉默的黑人小個子。

「喂，卡萊卡，你是怕他們因為偷竊而治你的罪嗎？」帕內特說，「別怕他們，我給你撐腰，如果他們敢來抓你，我一定會保護你的，甚至我可以對他們說，東西是我偷的，看他們能把我怎麼樣？」

卡萊卡沒有回答，他只是埋頭擦著步槍。

「卡萊卡，你是怕自己逃跑連累我，才帶著我一起逃亡，對嗎？」

「嗯。」卡萊卡含混地應了一聲。他抬頭看了看帕內特，又看了看海峽對岸，然後低下頭繼續擦他的槍，這真是個令人捉摸不透的海島土著。

兩天後，他們終於到達了海峽的對岸 —— 卡萊卡的家鄉芭比。

迎著絢麗的朝霞，卡萊卡和帕內特駕駛著獨木舟駛進了一個小小的海灣。帕內特急不可耐地跳下船，跑到岸邊的一塊大石頭上，看著眼前美麗的景色。而小個子土著卡萊卡卻在後面不慌不忙地整理著船上的物品，他將土耳其紅布和菸草卸下，然後把步槍、斧頭、刀等武器都仔細地擦拭了一番。

　　帕內特還在興致勃勃地欣賞著海島的美景，直到他聽到身後傳來一陣腳步聲，回過身子時，這才發現卡萊卡正身背步槍，手提斧頭，兩眼死死地盯著他。

　　「嘿！」帕內特高興地叫道，「朋友，發生什麼事了？」

　　「我想……我想要你的頭顱。」

　　「什麼？頭顱……我的？」帕內特瞪大了雙眼。

　　「是的。」卡萊卡面無表情地說。

　　原來，在卡萊卡的家鄉，白種人的頭顱是非常罕見的收藏品，如果誰擁有一個熏製好的白種人的頭顱，那簡直抵得上萬貫家財，甚至還能換來年輕女孩的青睞。所以，卡萊卡這個小個子土著有意和帕內特交朋友，他精心計劃，耐心等待，最後將帕內特平安地帶到這裡。現在，他要從容地摘取勝利果實了。

　　帕內特沉默了半晌，突然發出一陣大笑，他現在終於明白卡萊卡葫蘆裡賣的是什麼藥了，原來他不辭勞苦地將自己弄到這裡來，就是為了自己這顆長滿了紅色絡腮鬍子的項上人頭！

　　現在，帕內特的財產除了他的名字、一身破爛衣服、一副漂亮的紅色絡腮鬍子之外，還多了一樣 —— 靈魂 —— 在他唯一的朋友的幫助下，一個恢復了健康、煥發了活力的靈魂。

　　「動手吧，該死的傢伙！我的頭顱可真便宜！」克里斯托弗・亞歷山大・帕內特面對卡萊卡大喊道。

電子書購買

爽讀 APP

國家圖書館出版品預行編目資料

天羅地網——懸疑與懸念，只在一線之間 / [美]
亞佛烈德·希區考克（Alfred Hitchcock）著，
胡彧 譯 . -- 第一版 . -- 臺北市：崧燁文化事業有
限公司 , 2024.05
面 ；　公分
POD 版
譯自：Dragnet.
ISBN 978-626-394-215-8(平裝)
874.57　　113004612

天羅地網——懸疑與懸念，只在一線之間

臉書

作　　　者：亞佛烈德·希區考克（Alfred Hitchcock）
翻　　　譯：胡彧
發 行 人：黃振庭
出 版 者：崧燁文化事業有限公司
發 行 者：崧燁文化事業有限公司
E - m a i l：sonbookservice@gmail.com
粉 絲 頁：https://www.facebook.com/sonbookss/
網　　　址：https://sonbook.net/
地　　　址：台北市中正區重慶南路一段六十一號八樓 815 室
Rm. 815, 8F., No.61, Sec. 1, Chongqing S. Rd., Zhongzheng Dist., Taipei City 100,
Taiwan
電　　　話：(02) 2370-3310　　　傳　　　真：(02) 2388-1990
印　　　刷：京峯數位服務有限公司
律師顧問：廣華律師事務所 張珮琦律師

- 版權聲明

定　　　價：299 元
發行日期：2024 年 05 月第一版
◎本書以 POD 印製